ハーヴィスト辺境伯家の最弱令嬢

最恐の狼神獣の求婚には裏がありそうなのでお断りします

紫　月　恵　里

E R I S H I D U K I

一迅社文庫アイリス

CONTENTS

登場人物紹介
ファルグ
神獣の中でも強い力を持つ狼の神獣。
炎を操る力を持つ。
ディアナと契約した。人の姿のときは、
二十代前半の精悍な青年姿になる。
ディアナ・ハーヴィスト
魔獣を狩る神殿狩人の
名門ハーヴィスト辺境伯家の令嬢。
瘴気耐性がほとんどないため病弱で、
屋敷に引きこもって魔獣研究をしていた。
ハーヴィスト
辺境伯家の
最弱令嬢
最恐の狼神獣の求婚には
裏がありそうなのでお断りします

ロベルト・ハーヴィスト

ハーヴィスト辺境伯爵。ディアナの父。
《狩人伯爵》の異名を持ち、
頼られつつも恐れられている。

エリアス・カッセル

国王の叔父を父に持つ
神獣騎士の青年。
ディアナの指導係で生真面目な性格。

レイズル

馬の神獣。赤い霧を操り幻影を
作り出す力を持つ。
エリアスと契約をしている。

ヨルゲン・ブラード

神獣騎士団長。
いつも穏やかな笑みを浮かべ、
癖のある団員たちをまとめている。

クヴィ

梟の神獣。
風を操り封印をしたり力を
察知するのを得意とする。
ヨルゲンと契約をしている。

アラン・バーリ

神獣騎士団副団長。
女性受けする容姿の持ち主で
明るい性格。

スヴァル

羊の神獣。雷を操る力を持つ。
アランと契約している。

用語

神獣 人間の害となる瘴気を払う力をもつ、聖なる獣。

神獣騎士 神獣と契約し神獣とともに瘴気を払う騎士。
神殿に所属する。

神殿狩人 彩光石を用いた武器を使い、魔獣を狩る人々の総称。
神殿に所属する。

瘴気 人間の害となる気。濃淡があり濃いほど影響が強い。

彩光石 瘴気を払う力を持つ石。
貴族でも簡単には手に入らず、高価で希少。

イラストレーション◆まろ

ハーヴィスト辺境伯家の最弱令嬢　最恐の狼神獣の求婚には裏がありそうなのでお断りします

The weakest daughter of the Harvisto Margrave

プロローグ

――「悪いことをしたら、ファルグが来るよ」

ふと頭に浮かんだのは、街で聞いた親子の会話だった。

(あれは、いつのことだった……?)

綺麗《きれい》に舗装された石畳に伏したまま、ディアナはぎゅっと胸を掴《つか》まれた気がした。

――ファルグ。

人間に害となる瘴気《しょうき》を払い、【神獣】と崇《あが》められる獣たちの中で、一番非情で暴虐だと恐れられている狼《おおかみ》の神獣の名だ。

こんな時に思い出すのがそんな会話だというのがおかしくなり、小さく笑おうとして代わりに呻《うめ》き声を上げた。

「……う……っ」

うつ伏せに倒れた背の上からインクのような漆黒の瘴気が広がり、ディアナを押し潰《つぶ》そうとしている。すえた臭いが鼻をつく。かけていた眼鏡《めがね》は倒れた拍子にどこかへいってしまい、痛みのせいなのか恐怖からなのか、目の端に涙が溜《た》まる。

(王宮の庭なのにこんな瘴気が多いなんて! 明日《あす》の王都の話題はハーヴィスト辺境伯令嬢ディアナが王宮の庭園で瘴気に押し潰されて圧死、かも)

ぐっと唇を噛《か》みしめて、どうにか圧迫から逃れようと石畳に爪《つめ》を立てる。

（まだ、ウサギの魔獣の生態を纏《まと》めていないし、ネズミの魔獣の歯のサンプルを貰《もら》える予定だし、あっ、干しておいたラベンダーを取り込んでいない！　死んでいる場合じゃ――）

瘴気を吸い込みすぎたのか、咳《せ》き込んだ拍子に乾いた唇が切れ、じわりと血の味が口の中に広がる。

『――うまそうな匂いがすると思えば……。死にかけじゃないか』

唐突に朗々とした声が響いた。面白がっているような、つまらなさそうな、そのどちらとも取れる若い男性の声がした途端、ふっと圧迫感が消え呼吸が楽になる。

「…………？」

ごろりと仰向《あおむ》けに転がされたディアナは、こちらを覗《のぞ》き込む満月のような金の双眸《そうぼう》に息をのんだ。そこにいたのは、夜空に負けないほど艶《つや》やかな漆黒の毛並みの狼だった。その周辺には瘴気を焼く青い炎がちらちらとくすぶっている。

（今、喋《しゃべ》ったのは……まさかこの狼？　それに、瘴気も薄くなった……？）

どきり、と鼓動が大きく跳ねた。

周囲に人の気配はない。いるのは知性の宿る黄金の瞳《ひとみ》で見据えてくる漆黒の狼だけだ。喋る狼に普通は驚き恐れるはずだが、ディアナの胸にはじわじわと期待と希望がこみ上げてきていた。

『リラに似た香り……。やっぱりこれが私の――』

ふとディアナの周囲をぐるりと回った狼から、かすかな驚きと歓喜が滲《にじ》む声がこぼれる。しかしすぐに落胆の溜息《ためいき》が鋭い歯が並ぶ口から漏れた。

『ようやく見つけたのに、全く動かないな。死んだか』

「……まだ死んではいません！　勝手に殺さないで。あなた……神獣、ですよね」

逃がしはしない、とばかりにディアナは踵《きびす》を返しかけた狼の尾を握りしめた、はずだった。

次の瞬間、熱気が肌を撫《な》で、次いで現れたのは黒髪の青年だった。

丈の長い上着を適当に羽織り、寛《くつろ》げた黒いシャツの襟元からはしなやかな体躯《たいく》がほんのわずか覗く。だというのにだらしない印象も色めいた雰囲気も全くなく、妙にその姿が様になっている。騎士のように精悍《せいかん》な面立ちは、男性の美醜に無頓着なディアナでさえも一瞬目を奪われた。面白そうに吊《つ》り上がった薄い唇と同様に、ディアナを見下ろす漆黒の狼と同じ満月の双眸は笑っているのになぜかうすら寒い気配を感じた。

「――助けてやろうか。対価をくれるのならばな」

その言葉を聞いた途端、ディアナは傍《そば》にしゃがみ込んだ青年の胸倉を無我夢中で掴んだ。不意を突かれたのか、青年が尻《しり》もちをつく。

「……っ対価なら、あげます。だからわたし――ディアナ・ハーヴィストと契約をして」

神獣との契約など、自分には絶対に無理だろうと諦《あきら》めていた。この機会を逃したら、おそらく二度とこんな幸運には恵まれない。

「愚かな娘だ。対価も提示せず、私の名を確かめもせずに、契約をしろ、なんて迫るとはな」

「神獣は契約をする時にしか姿を見せないはずです。あなたが誰《だれ》でも、どんな対価でも、わたしの前に現れた時点で、あなたはわたしと契約をするつもりだったのではないですか？」

息継ぎする間ももどかしく言い切ると、青年は虚を突かれたのか真顔で沈黙したがすぐに破顔した。

「ははは っ、そうだとも。きみの言う通りだ」

突如としてディアナたちを取り囲むように様々な色の炎が現れた。全く熱さを感じない不思議な炎に目もくれず青年の黄金の瞳《ひとみ》を見据えていると、彼はずい、と顔を寄せてきた。向日葵《ひまわり》の花のような虹彩《こうさい》がディアナの眼前に迫る。

「全身だ。契約の対価はディアナ・ハーヴィスト、きみの全部。丸ごと貰えるのなら代わりにこのファルグをくれてやる」

ディアナの唇の端についていた血をぺろりと舐《な》めとった青年は、正体を知り言葉を失《な》くしたディアナに向けて、うっすらと赤く染まった唇を三日月の形に歪《ゆが》めてさも楽しそうに笑った。

第一章　悪評まみれの神獣を捕まえました

窓が開いているのか、初夏の清々《すがすが》しい風に混じって、ラベンダーの香りが鼻先をくすぐる。

ふっと目を開けたディアナは慌てて身を起こした。

目に飛び込んできたのは、メモや付箋《ふせん》を挟んだ本が積まれた机に、籠《かご》に入ったラベンダー。

その傍《そば》に置かれた古ぼけた冊子は、亡くなった母が残してくれた魔獣や神獣の資料だ。

間違いなくディアナの住むクレメラ国王都の、ハーヴィスト伯爵邸内の自分の寝室だった。

「王宮の庭、じゃない……。――っ夢!?　……ああ、やっぱり夢だった……」

額に手をやり、再び枕に逆戻りする。どうやら神獣と契約をする、という夢を見たらしい。

(夜会に出るのが久しぶりすぎて疲れたのかも。……でも、契約する神獣がファルグだなんて。

わたし、そこまで追い詰められていたの？　あの神獣はいい噂《うわさ》を聞かないのに……)

昨夜行われた王宮での夜会は、とある理由で人前にほとんど出られないディアナにとって
久々のものだった。緊張していたのかもしれない。

ゆっくりと起き上がったディアナは眼鏡《めがね》をかけようと手を伸ばし、ふと目を瞬《またた》いた。

「なに、これ……」

右の掌《てのひら》に赤黒い痣《あざ》が浮かび上がっている。いつもは眼鏡がないと視界が瘴気《しょうき》によってかす
むというのに、今日《きょう》はなぜかはっきりと見えた。

「吠《ほ》える犬の横顔……？」

『犬じゃない。狼《おおかみ》だ』

唐突に朗々とした声が誰《だれ》もいないはずの室内に響いた。

「えっ……!?」

『私を踏み台にするな』

足を下ろそうとしていた寝台の下の敷物が動いたかと思うと、漆黒の毛並みの狼がのそりと起き上がり、ディアナの前に座った。

『ようやく起きたかと思えば、きみは契約した神獣を随分と雑に扱ってくれるじゃないか』

不満を訴えていてもその響きは楽しげだ。こちらを見上げる狼の満月の双眸《そうぼう》に、大きく目を見開いたディアナは、ぽかんと口を開けたまま固まった。

夢の中に出てきた漆黒の狼の神獣ファルグの姿がそこにあった。恐ろしい、と噂の神獣だというのに、帳《とばり》の隙間《すきま》から差し込む朝日に照らされた今この瞬間の姿はひどく神々しい。

微動だにしないディアナに、漆黒の狼が小さく首を傾《かし》げる。

『おい、何か言ったらどうだ。きみは昨日《きのう》からよく黙り込むな』

「…………」

『死んだか？』

「っ死んではいません。生きています！」

はっと我に返り、つい大声で言い返す。

(待って、ちょっと待って……。昨日、昨日？　ファルグとの契約、って夢じゃなかったの？)

考えてみれば、あの後の記憶が全くない。てっきり誰かが倒れている自分を見つけ、家の者に知らせて連れ帰ってもらえたのかと思っていた。

ふいにファルグに血を舐《な》められたことを思い出し、そろそろと右手で唇の端に触れる。

「昨日……わたしは、あなたと契約をしたの？」

『そうだとも。きみの身に契約の証《あかし》――私の紋が刻まれているだろう。私はきみのもので、きみは私の主《あるじ》だ』

喉《のど》の奥で笑ったファルグが黒々とした鼻先で手をつついてくる。再び掌の紋章を見つめたディアナは、こみ上げてきた感情を抑えるようにふるふると肩を震わせた。

「わたしが、主……」

『今更恐ろしくなったか？　私は優しいからな。対価を貰《もら》えるのなら契約を切ってもかまわないぞ。きみの対価を覚えているだろう？』

「……覚えて、います。――わたしの全身。丸ごと全部」

震える声で言い切ると、ファルグは甘えるようにディアナの膝《ひざ》に顎《あご》を乗せてきた。こちらを見上げてくる黄金の目には、仕草とは逆に甘えなど一切ない。ファルグが喉の奥で笑う。その様は獲物をいたぶる獣を彷彿《ほうふつ》とさせる。

『さあ、どうする主？　契約を切るか、私を受け入れるか。身を震わせ、声を震わせるほど恐ろしいのなら――うぐっ』

「――っ地母神様、感謝いたします――っ」

ディアナはファルグの首をぎゅっと抱きしめ、少し硬めの漆黒の毛並みに頰《ほお》を擦《す》り寄せた。

その拍子に、どこか森を思わせるすっきりとした爽《さわ》やかな香りが鼻先をくすぐる。

「瘴気がないとこんなにも息がしやすいなんて……。すごく体が軽い。くっきりはっきりよく見える！　これなら彩光石も、眼鏡もいらないわ。あ、今日は瘴気がどのくらい出ているのか、ちょっと瘴気予報の旗の色を見に――」

『――待て！　おい、ちょっと待て！』

焦りを帯びたファルグの叫びに、ディアナはぱっと手を離した。

「すみません！　苦しかったですよね。あまりにも嬉《うれ》しくて。――わたしと契約をしてくれて、ありがとうございます、ファルグ」

満面の笑みを浮かべると、ぶるぶると頭を振って乱れた毛並みを整えていたファルグが警戒するように鼻を鳴らした。

『ありがとう？　なぜ、礼を言うんだ。さっきは恐ろしくて震えていたじゃないか』

「え？　あれは歓喜と興奮の身震いです」

『……どうも昨夜のことといい、きみは全く私のことを怖がらないな。昨日、きみを探しに来た人間には卒倒されかけたぞ。私の噂をよく知らないのか？』

ファルグに不審者を見るような目を向けられ、ディアナはわずかに首を傾げた。

「悪いことをしたらファルグが来て頭から食べられてしまうよ、と言われていたり、普通は契約の対価は体の一部なのにあなたは全身を要求するから強欲だ、とか、契約したと思えば気に障ったからと契約を切って次から次へと契約者を乗り換える、とか、他の神獣と契約していた人間を神獣を殺してまで奪ったのにすぐに契約を切ってしまう、とか、魔獣でさえも気配を感じただけで逃げ出すとか、色々ありますけれども、どの噂のことですか？」

唖然《あぜん》としたように目を軽く見開いていたファルグが、皮肉気に喉の奥で笑った。

『つらつらと詰まりもせずに、よくその悪評を私自身に向けて堂々と言えるな。怒らせるとは思わないのか』

「気を悪くさせていましたらすみません。でも、怒ってはいませんよね。むしろ悪評を楽しんでいませんか？　さっきわたしに契約を切るぞ、と言った時、すごく楽しそうでした」

ディアナはファルグの疑わしそうな瞳を真っ直《す》ぐに見据えた。

「わたしは……他の方より瘴気耐性が低いんです」

『まあ、昨日のあれっぽっちの量の瘴気で死にかける人間は見たことがないな』

「でも神獣と契約すれば瘴気耐性も上がって、瘴気を払ってもらえるんですよ？　そうすれば体調を崩して死にかけることもなくなります。怖がるより、感謝の気持ちの方が大きいです！」

興奮気味に力説すると、ファルグは鼻で笑った。

『――きみの理由は理解したが、その感謝もいつまでもつかわからないぞ』

脅しの言葉を口にしているというのに、口調は楽しそうだ。しかもふっさりとした尾を機嫌よさそうに揺らしている。

「ずっと変わらない自信があります」

ファルグから目を逸《そ》らさず、ディアナは静かな笑みを返した。

（ただ、ちょっと気になるのは、わたしの瘴気耐性が低いのがわかっていたみたいなのに、契約したことよね。神獣は瘴気耐性が高い人間を選ぶはずなのに。――ああでも、契約は契約よ！）

ディアナは気を取り直すようにふっと息を吐くと、わくわくとした気分ですっと手を差し出した。

「――と、いうことで。納得してくれたのなら、神獣の生態研究の為《ため》にあなたの毛を少し貰えませんか？　魔獣はともかく、神獣の毛は手に入らないんです」

『神獣の生態研究？　私の毛？　どうも魔獣の嫌がりそうな香草や魔獣の断片があちこちにあると思えば……。きみは学者とかいう自分の好奇心の為なら命もかけられる頭のおかしい部類の人間だったのか』

嫌そうに眉《まゆ》を顰《ひそ》めたファルグに、ディアナは首を横に振った。

「学者様だなんておこがましい。わたしはただ、少しでもハーヴィスト家の役に立ちそうなことを知りたいだけなんです。少しでいいですから、資料として毛を貰えると助かります」

『断る。少しだから、と言っておいて、うっかり丸刈りにされそうだ。ああいった奴《やつ》らは限度を知らない』

「それは偏見じゃないですか。手元が滑らなければ大丈夫です！　お願いします！」

『なおさら信じられるか！』

半ば身を乗り出すように迫ると、次の瞬間ファルグがふっと白い炎を吐いた。一瞬視界がかすみ、白い炎が消えた後にそこに現れたのは精悍《せいかん》な面差しの青年姿のファルグだった。

「――っ⁉　人の姿になる時にどうなっているの？　あの白い炎が特別な効果があるとか……。そうだとしたら、わたしが浴びたら狼になれたりする……？　でも、猛毒だったり、高温だと困るし……。昨日瘴気を消したのは青い炎だった気が――」

驚いたのは一瞬で、ぶつぶつと自問自答していると、あっけにとられていたファルグがしばらくして豪快に笑い出した。

「ははは、今度の主は随分と変わった毛色の人間らしいな。……――よし、ディアナ」

唐突に名を呼ばれ、ディアナは警戒するように悪戯《いたずら》っぽい目をするファルグを見た。

「な、なんですか？　もしかして変わった毛色の主が気に食わないから、契約を切りたくなった、とか……」

「いいや」

ファルグが身構えるディアナの手をぐいと引っ張った。

「なにを……っ⁉」

ファルグの膝の上に落ちたディアナは抗議の声をのみ込んだ。掌に浮かんだ痣にファルグが舌を這《は》わせたのだ。反射的に手を引きかけたディアナの軽く見開かれた薄桃色の瞳を、満月の双眸がひたと見据える。その口元に浮かぶのは甘露でも舐めたかのような甘い笑みだ。だが。

（……作りものみたい）

どこか人形めいた魅惑的な笑みを浮かべるファルグが口を開くのを、ディアナは息を詰めて待った。

「ディアナ、きみを――」

＊＊＊

「――ディアナ、きみを私の半身にしたい」

不審そうな表情を浮かべるディアナを見据えながら、ファルグはさらに笑みを深めた。

（さあ、どう出る？　まあ……半身の意味を知らなければ、答えようがないけどな）

淡い金色の髪に薄桃色の瞳、白い肌、と吹けば飛びそうな儚《はかな》げな見た目に反し、この娘は好奇心旺盛のようだ。知っていてもおかしくないが、知らなければ鼻息も荒く尋ねてくるだろう。

「はんしん……。ええと、確か……神獣の伴侶《はんりょ》をそう呼ぶはずでしたよね？　……え、わたしはあなたに求婚された、ということで合っていますか？」

「人間の言葉にすればそうだな。私はきみに求婚している」

正解を言い当てたディアナに、ファルグは満足げに笑った。

「ま、待ってください。わたしの記憶違いじゃなければ、半身の香りがしないと半身にはなれなかったはずです」

「そうだ。きみからは私の半身の香りがする。甘いリラの花の香りだ。半身になればきみの望むままにしてやろう。神獣の毛が欲しいのならむしり取ってきてやる。爪《つめ》が欲しいのなら引き抜いてこよう。目でも内臓でも欲しいのなら何でも奪ってくるぞ」

こぼれそうなほど大きく目を見開くディアナの耳元で告げると、甘い香りが鼻先をくすぐった。その香りは悪くはない。

（まあ……今のところは、こんな奇妙な娘を半身にするつもりはないが）

いくら生きる為とはいえ、悪評がある自分との契約を諸手《もろて》を挙げて歓迎するような娘だ。生涯を共にする半身を見極めるくらいのことをしてもいいだろう。

「半身になれば瘴気耐性ももっと高くなるぞ。——どうだ、私の半身にならないか？」

睦言《むつごと》を囁《ささや》くようにディアナにとっての誘惑を口にする。身動き一つしなかった華奢《きゃしゃ》な肩が小さく揺れた。

あと一押し、とばかりに狼の紋章が浮かぶディアナの掌を親指でするりと撫《な》で、人間には好ましく見えるらしい顔で艶美《えんび》に微笑《ほほえ》んでやると、ディアナはほんのりと頬を染めた。

その表情を見た途端、ディアナに対する興味が急激に引くのを感じた。

(頷《うなず》くか。……——つまらないな)

どうやら自分は、予想外のことばかり言ってくるディアナが今度は何を言うか楽しんでいたようだ。普通の反応をされるのは期待外れとしか言いようがない。

「あの……わたし……」

頬を紅潮させて軽く俯《うつむ》く、という恥じらいの仕草に嫌悪を覚えて、膝から払い落とそうかと思った時、ディアナがぱっと顔を上げて天井に向かって叫んだ。

「——ああぁっ、頷きたい！　頷けば詳細不明の半身の実態がよくわかるのよね!?　でも、いくらなんでもそんな不純な動機で半身になるなんて、ファルグにも失礼すぎる……っ。よく考えるのよ、わたし。頷いたら駄目だから!!　——なので、お断りします！」

目の端に涙を溜《た》め、顔を真《ま》っ赤《か》にしていかにも苦渋の決断だというように絶叫するディアナに、またしてもあっけにとられていたファルグはやがて腹の底から笑い出した。

「ああ、愉快だ。断れば私が怒るとは思わないのか？　自分の身がどうなってもかまわないようだな」

「そんなことはありません。でも、どのくらいまで瘴気耐性が高くなるのかわかりませんし、それなのに神獣の伴侶になるのは無謀だと思います。他の神獣から内臓を奪ってきてやるなんて言う夫も怖いです。それに――」

ふとディアナの表情が曇る。これまでに見たことのない憂いの顔に、ファルグは目を眇《すが》めた。

「……それに、人間が婚姻を結ぶ為には親の許可が必要なんです」

視線を軽く落としたディアナの声は、これまでの興奮気味だが明るい声とは違う硬い声だ。

（そういえば、この娘の親、という人間を見ないな。何かあるのか？）

この屋敷に来た時から、使用人だと思われる人間はいるものの血縁らしき人間の気配はなかった。少し出かけている、といったような様子でもない。

ファルグは少し考えると、やがて急に落ち込んだようにも見えるディアナの顔をそっと持ち上げた。

「なるほど。――それなら、親を消してこよう」

「どうしてそうなるんですか⁉　絶対に駄目です」

顎に触れた手をディアナが勢いよく払いのける。

「親の許可がなければ、きみは私の半身にならないんだろう。親がいなければ、許可を取るなんて面倒なことをしなくて済むじゃないか」

「そんなことをしたら、例え契約を切る、と脅されても半身にはなりません。そうすると困るのはあなたの方なんじゃないですか？　親を消してまで半身に望むなんて、半身は伴侶の役目以外にも何かあると言っているようなものです」

ファルグを睨《にら》み据える静かな怒りを湛《たた》えた薄桃色の双眸の苛烈《かれつ》さに、ぞくりと身の内が震える。血肉が沸き立つようなこれは、恐ろしさからではなく歓喜の身震いだ。

（――ああ、やっぱり退屈させない娘じゃないか）

力を持たない人間の中でもさらに弱いというのに、噛《か》みつく様は無謀というよりいっそのこと清々しい。

「ははは、そうだとも。きみの言う通り、少し困るな」

肩を震わせて笑うファルグに、ディアナは険しい表情を崩すことなく続けた。

「それに今、父はここにいません。魔獣の討伐で遠征に出ています」

「魔獣の討伐？　きみの父親は――」

眉を顰めたファルグはふと言葉を止めた。帳が半ば閉められたままの窓へと視線を向ける。

「――神殿の奴ら……神獣騎士が来るぞ」

「……え？　神獣騎士様がいらっしゃるんですか!?」

「そんなに驚くことか？　神獣と契約したら神獣騎士になるのは義務なんじゃないのか？」

面倒そうに片眉を上げると、ディアナは目を輝かせた。

「わたしでも、神獣騎士になれるんですか？　神獣騎士のお仕事は神獣と一緒に瘴気を払うことですよ？　瘴気耐性が高くないと務まりません」

「この私、神獣ファルグと契約をしたんだ。神殿が放っておくわけがない。瘴気耐性なんかすぐに上がる。少しくらい瘴気耐性が低くても引っ張って行かれるんじゃないか？　こき使われるだろうよ」

「こき使われる……。むしろ大歓迎です！　ハーヴィストの家にも貢献できますし。——本当にお母様と同じ神獣騎士になれるのね」

ファルグの吐き捨てるような言葉にも、ディアナは嬉しさを噛みしめるようにぼそりと呟《つぶや》いた。

「……ふん、きみでもやっぱり神獣騎士は崇拝か憧憬《どうけい》対象か」

「当然です。地母神様が神獣を遣わされた方々なんですから。普通の人間には瘴気を払うことなんてできません。瘴気が濃いと日常生活にも支障が出ますし、対価を差し出してまでそれを消してくれる神獣騎士様に感謝の心を持たない方はいないと思います。——どうしよう……」

期待と希望に溢《あふ》れた薄桃色の双眸を向けられ、ファルグは鼻白んだが、さらに続けられた脈絡のない言葉に興味が湧《わ》いた。

「どうしよう？　何がだ」

不安そうな様子のディアナの顔を覗《のぞ》き込むと、半身候補の娘は悩ましそうに溜息《ためいき》をついた。

「神獣騎士様がいらっしゃるなら、契約している神獣も一緒に来ますよね。間近で神獣を観察できるなんて、興奮しすぎて倒れないか心配です」

うっとりと頬を染めたディアナに、ファルグは呆《あき》れたように肩を竦《すく》めた。

「そういえばきみは昨日、彩光石を二つ……いや三つしかつけていなかったな。あれはまさか神獣をおびき寄せる為か？　あんな数じゃ、私がこなかったら死んでいたぞ」

【彩光石】は少しの瘴気なら払う効果がある石だが、ディアナの瘴気耐性だともっと多くつけていなければ意味がない。

「おびき寄せるなんて、人聞きの悪いことを言わないでください。彩光石は瘴気を払ってくれますけれども、嫌がる神獣がいますよね？　少しでも契約できる確率を上げたくて……。王宮なら瘴気が少ないはずだったんです」

ディアナは気まずそうに目を逸らした。その姿からは、ファルグに契約しろと鬼気迫る表情で縋《すが》りついてきた様子は微塵《みじん》も感じられない。

(死ぬかもしれないのに、執念深い娘だ。それにこの様子だと……私の悪評は知っていても、契約者の末路までは知らないのだろうな。——しばらくは楽しめそうだ)

知らないということはよくも悪くも都合がいい。ファルグは悪戯っぽい笑みを浮かべた。

「へえ……。そうすると、私は見事に釣り上げられた、というわけか」

「つ、釣り上げてなんかいません！」

羞恥《しゅうち》なのか怒りなのか、真っ赤な顔で言い返してくるディアナに、ファルグは盛大に笑った。

＊＊＊

大地を守る地母神が従えたという色鮮やかな十二匹の神獣の姿が描かれた聖堂の天窓を透かし、日の光が降り注ぐ。ディアナは緊張気味に背筋を伸ばし、祭壇の前に立っていた。

ファルグと契約してから十日。

まさに今、王都の外れに建てられた神殿の聖堂ではディアナの神獣騎士の任命式が行われていた。静寂に満たされた聖堂に参列する神官や神獣騎士たちは、どこか張り詰めた様子だ。

「ディアナ・ハーヴィスト、そなたを神獣ファルグの契約者として登録し、神獣騎士団員に任命する。神官長、登録書を」

祭壇の傍に立っていた老爺《ろうや》――神殿を統括する神殿長の指示に、少し神経質そうな年嵩《としかさ》の女性神官――神官長が祭壇の上に表紙に神獣が描かれた華麗な装丁の分厚い本を置いた。

(手が震える……。あ、少し斜めになっているような……)

長年の夢が叶《かな》う喜びに我知らず息を詰めていたのか、登録書に署名し終えるとどっと疲れた。

「ファルグとの契約は困難も多くあるであろう。だが、少しでも長い間、人々の為に尽くしてくれることを期待しているぞ」

すぐに契約を切られて命を失うとでも思われているのか、ディアナに向けられた神殿長の視線には憐《あわ》れみが混じっている。

『ふん、私との契約は災難だとでも思っているような言い方だな』

それまで足元で大人《おとな》しく控えていた黒い狼姿のファルグが鼻で笑ったかと思うと、唐突に遠《とお》吠《ぼ》えをした。瞬く間に神殿長を取り囲むように広がった炎に、集っていた神獣騎士と神獣たちがはっとしたように身構える。

「ファルグ！　炎を消してください！」

ディアナが慌ててファルグの首に抱き着いて制すると、黒狼はすぐさま炎を操りばくりと食べて消した。

腰を抜かしたのか、蒼白《そうはく》になってよろめく神殿長を神官長が支えるのを尻目《しりめ》に、ディアナはファルグの両頬を押さえて詰め寄った。

「何をしているんですか！」

『期待していると言うから、私の力を見せてやっただけだ』

悪びれもせずに喉の奥で笑ったファルグに、ディアナは脱力してしまった。

「こんな場所で暴れたら、魔獣だと認識されて神殿狩人《かりゅうど》に討伐されかけますよ」

騒然とする聖堂内を見回し、出入り口の大扉の方へと視線を向ける。神獣騎士の白い騎士服とは違う、藍色の胴着を身に着けた体格のいい人々がこちらに警戒の目を向けていた。

（や、やっぱり神殿狩人の方々に警戒されているわ……。魔獣を狩ってくれるんだから、普段はあんなに頼もしく見えるのに……）

瘴気を払うのは神獣騎士だが、瘴気に侵された魔獣を狩るのは神殿狩人と呼ばれる人々だ。神獣騎士ほどではないが瘴気耐性が高く、人間を襲う魔獣を狩る神殿狩人もまた羨望《せんぼう》の対象になっている。ファルグが魔獣だと認識されてしまえば、色々な意味でおしまいだ。

『神獣を狩れる神殿狩人がいるわけがないじゃないか』

ファルグに呆れた目を向けられ、ディアナは一瞬言葉に詰まった。つい視線が落ちる。

「……っそれは――」

「神獣騎士ディアナ」

唐突に淡々とした声に呼びかけられたディアナは、弾《はじ》かれたように直立した。

「任命書になります。――励みなさい」

にこりともせず羊皮紙を差し出してきたのは神官長だ。その後ろでは少しばかり青ざめているものの、重々しく頷く神殿長がいる。

「はい。少しでも多くの方々のお役に立てればと思います」

表面上は何事もなかったようにふるまう彼らにほっと胸を撫で下ろす。その足元でファルグが探るような視線を向けてきていたことには気付かず、渡された任命書を抱きしめ、ディアナは淑女の礼をとった。

＊＊＊

怯《おび》えや好奇心、そして嫌悪など、様々な感情を宿すいくつもの視線が任命式を終え、神獣騎士団長に連れられて歩くディアナと狼姿のファルグへと向けられていた。

(怠《だる》い……。目がかすむ……。やっぱり瘴気耐性はすぐには上がらないのね……。あとは演習場で神獣騎士団の方々への挨拶《あいさつ》と、寮の荷物の整理をして……。夕食前に少し休めるかしら)

緊張が解けたせいなのか、徐々に体調が悪くなってきた。向けられる視線を気にする余裕もなく、もう少し頑張ろうと重い足を動かす。

「——ディアナ」

ふとファルグに呼びかけられると同時に強く腕を引かれ、転びそうになった。

「……っ、急に人間の姿になって、どうかしました？」

「きみ、どこまで行く気だ。あいつらはとっくに曲がったぞ」

笑いをこらえるファルグの指摘にはっとすると、先導していた神獣騎士団長とその神獣は前にいなかった。

「……教えてくれて、ありがとうございます」

「浮かれすぎているんじゃないか？　私はきみの保護者じゃなくて、半身だぞ」

そう言うなり、ファルグはディアナの手を取ると軽く目を伏せ掌の痣に唇を寄せた。柔らかな唇の感触に思わず手を引こうとして、ふとあれほど重かった体が軽くなっていることに気付く。かすんでいた視界も良好だ。

「今……瘴気を払いましたか？」

「さあ？　きみがそう思うのなら、そうなんじゃないのか」

ディアナの掌に触れていたファルグの唇が再度紋章に押し付けられたかと思うと、今度は軽く噛まれた。その表情は色香漂うというよりも、なぜか満足気で、恋しい相手に向けるような甘ったるさはない。

（……犬の愛情表現って飼い主を舐めることだったような）

半身に対する態度というより、ご主人様にかまってほしい犬に見えてきそうになったディアナは慌てて頭を振った。

「こんなことをしている場合じゃ……」

「――っ」

ふいに耳に届いた息をのむ音と、ばさばさと紙を落とすような音にはっとしてそちらを見ると、栗色《くりいろ》の髪をした育ちのよさそうな顔立ちの青年が、目を見開いてそこに立ち尽くしていた。

青年の鮮やかな青玉石のような双眸に吸い寄せられるように見据えると、左目の虹彩《こうさい》に赤黒い馬の横顔が刻まれているのに気付く。

(契約の紋章……。神獣騎士の方よね？　すごく綺麗《きれい》に紋章が入っているわ！　見え方はどうなっているのかしら)

ディアナより一つ二つ年上だろう。神獣騎士としては若い方だ。思わず歓声を上げかけたが、青年の表情が強張《こわば》っているのを見て心配になった。

「あの、大丈夫ですか？」

「貴女《あなた》の方こそ……大丈夫なのか？　その男はファルグだろう」

「はい、ファルグです。あ、でも暴れないように頼みましたから、大丈夫です。――ファルグ、そろそろ手を離してもらえませんか？」

「嫌だ。今日は朝からばたばたとしていて、きみとの触れ合いが少なかったからな」

ファルグは手を離すことなく、逆に指と指を絡めるように強く握りしめて悪戯っぽく笑った。

(やっぱり飼い主と飼い犬のような気がするわ……。――っは、離れない！)

ぶんぶんと振り回しても振り払えず、楽しそうに笑みを深めるファルグの手をどうにかはがそうと一本一本指を開かせていると、青年の困惑した声が耳に届いた。

「いや、そういうことではなく……」

頭痛がするとでも言いたげに眉を顰める青年の背後から、カツンと硬い音がしたと思うと、肩越しに見事な赤毛の馬が首を出した。

『エリアス。その娘はどうやら迷子になった様子。演習場まで連れていって差し上げればよろしいかと。ファルグが大人しく演習場まで連れていくとは思えませぬ』

「あ、ああ、そうだな。レイズル」

青年は器用にも赤毛の馬の神獣が口先で集めて差し出した書類を抱え直し、表情を改めた。

「新人の神獣騎士には指導係がつく、とヨルゲン団長から聞かされていないだろうか。貴女の指導係を任されたエリアスだ。よろしく頼む」

「――っはい、聞いています！　わたしのほうこそお世話になります、エリアスさん。ディアナ・ハーヴィストです」

手を離してくれないファルグを諦《あきら》め、笑みを浮かべて自己紹介をすると、エリアスはやんわりとした笑みを唇に乗せた。

「家名は名乗らない方がいい。神獣騎士は貴《き》賤《せん》問わず人々を助ける役目だ。騎士団内でも身分の上下なく接するようにとされている」

決まり事なのか、暗黙の了解なのかわからないが、少しばかり言いにくそうな気配に、おそらく後者なのだろうと察する。

(家のことで何かあるのかしら。あまり突っ込まれたくなさそう。――わたしもそうだし)

わずかに視線を落としたディアナは聞き返すことなく頷いた。その様子をじっとファルグが見ているのに気付き、そちらに視線を向けようとすると、赤毛の馬の神獣――レイズルが鼻を鳴らした。

『我が主の指導を受けられることを光栄に思うのだな、娘』

「お前の主の方こそ、私の主の面倒を見られて光栄じゃないか」

「やめてください、ファルグ」

薄ら笑いを浮かべてレイズルを煽《あお》るファルグに、ディアナは掴《つか》まれたままの手を慌てて引っ張った。するとこんな時に限って、ぱっと手を離される。

カツンと苛立《いらだ》ったように蹄《ひづめ》を鳴らしたレイズルの足元から、赤黒い霧が染み出し広がる。しかしすぐさまレイズルを宥《なだ》めるようにエリアスがその首を軽く叩《たた》いた。

「レイズル、よせ。――それより、演習場へ急ごう。それにしても……ヨルゲン団長が貴女を置いていくはずがないと思うが」

レイズルの足元を漂っていた赤黒い霧が引き、エリアスの視線がちらりとファルグへと向かう。その視線を追ったディアナは、悪びれなく笑う自分の神獣にはっとした。

「あなたもしかして……」

『ファルグ！　お前、俺《おれ》たちを撒《ま》いただろ!!』

突如、どこからともなく怒髪天を突くような勢いで、白い梟《ふくろう》の神獣が飛んできた。ファルグに躍りかかろうとして、ふっとファルグが吐いた青い炎に弾き飛ばされる。『ふざけんな――!!』とくるくると風車のように回りながら飛んでいった白梟だったが、ちょうど後から来た神獣騎士団長の腕にすっぽりと収まった。

「いつ気付くかと思ったが、予想以上に遅かったな」

そう嘲笑《あざわら》う姿は、まさに悪逆非道の神獣ファルグだ。やっていることは子供の悪戯のようだが。

『あのな――っふぎゅ』

「落ち着きなさい、クヴィ」

なおも食ってかかろうとする白梟の嘴《くちばし》を神獣騎士団長が握って黙らせる。おっとりとした雰囲気の人物だが、白梟の神獣――クヴィが暴れてもものともせずに嘴を押さえる様子は力強い。

「神獣でさえも撒けるとは、さすがファルグですね」

「すみません。ヨルゲン団長」

慌ててディアナが謝ると、神獣騎士団長――ヨルゲンは長い黒髪を揺らし、微笑んで首を横に振った。

「いいえ、大丈夫ですよ。ディアナさんのせいだけではないようですから」

「そうだな。きみのせいじゃない。きみがふらふらとどこまで歩いていくのか、見ていたかっただけだからな。途中でレイズルたちが来るのがわかったから、止めてやったが」

意地悪く笑うファルグにディアナはがっくりと肩を落とした。

(――でも、あのまま顔合わせに出ていたら、倒れていたかもしれないのよね……。やっぱりファルグが瘴気を払ってくれた?)

ファルグに呼び止められる前に感じていた体の怠さや視界の悪さは、掌の紋章に口づけをされた後から全くない。どう考えてもファルグが瘴気を払ってくれたとしか思えない。

(それなら瘴気を払うから少し待て、とでも言えばいいはずよね。どうしてわざわざヨルゲン団長たちから引き離すの?)

離してもらった嘴を、文句を言いたげにカチカチと鳴らすクヴィを小馬鹿《こばか》にしたように眺めるファルグの横顔をそっと見上げる。

「なんだ?」

ディアナの視線に気付いたファルグが唇を吊《つ》り上げたまま問いかけてくる。その食えない笑みにディアナは嘆息した。この様子では素直に答えてくれるとは思えない。

「いえ……なんでもありません。――ファルグ、一緒に頑張りましょう」

これから神獣騎士としてやっていくのだ。その内ファルグの思惑もわかってくるだろう。

(ともかく、神獣騎士になれたのだから、しっかりしないと)

気合いを入れ直すかのようにディアナが表情を引き締めると、少しだけ虚を突かれたような表情を浮かべていたファルグが破顔した。

「ははは、一緒に、か。そうだな。どこへでもついていってやるぞ」

『ディアナ嬢ちゃん……。さっきの仕打ちを思い出せ。こいつに限っては一緒に何かするなんてぜってえ無理だ』

『主を主と思わない偏食狼には高等な芸だな』

同じ神獣たちの間でも、ファルグの評価は人間の評判と大して変わらないらしい。

クヴィやレイズルが半ば呆れたように忠告してくるのに、ディアナは苦笑いを浮かべた。

第二章　手綱を握るのは大変です

ディアナが神獣騎士師団に入ってから一月ほど経《た》ったある日の早朝。

神獣騎士団の寮で目覚めたディアナは、眼前に飛び込んできた夜空のように艶《つや》やかな毛並みの黒い狼《おおかみ》の姿に、危うく悲鳴を上げそうになった。

(――っファルグ!?)

驚きのあまり眠気も吹っ飛び口元を押さえていると、ディアナの傍《そば》に横たわっていたファルグがゆっくりと目を開けた。現れた満月の双眸《そうぼう》はまだ少し眠そうだ。ファルグは身を起こし伏せの体勢になると、くわっと大あくびをした。

『……もう起きるのか』

「起きないと、お仕事に間に合いません。――それより、どうしてまたわたしの隣で眠っているんですか……。この一月、何度注意したのか覚えていますか？　あなたの寝台は向こうです」

寝台から下りる気配のないファルグの向こうには、もう一台の寝台がある。確かに昨夜はあちらにいたはずだ。

(神獣と一緒の部屋だって言われた時には、こんなことになるなんて思わなかったわ)

いつもなら文句を言いつつもすぐにどいてくれたが、今日《きょう》のファルグはなぜか動かなかった。

『人間の姿じゃないから、いいじゃないか』

「狼の姿でも驚きます！　ハーヴィストの屋敷にいた時には、夜はいつもどこかへ出かけていましたよね。それなのにどうして今はくっついて寝たがるんですか」

屋敷ではディアナが眠る支度をした後に出かけ、朝になると戻ってきていたのを知っている。

『ここはきみの屋敷じゃないからな。傍にいた方が都合がいい。半身候補だからな』

「半身はお断りしました。ここは神獣騎士団の寮なんですから、すぐ傍にいなくても危険はないと思います」

『危険はない、なあ……』

含み笑いをするファルグが何を考えているのかわからなかったが、ともかく身支度をしなければ、とディアナはファルグをどかそうとその背に手を置いた。少し硬めの漆黒の毛並みは艶やかで、いくらでも撫《な》でていたくなるような滑らかな手触りだ。

(うっ、な、撫でたい。撫で回したい……っ。だ、駄目よ、今は時間がないのだから……)

ブラッシングをしてじっくりと被毛の構造を観察してみたいが、そんなことをしている場合ではない。

無意識のうちに撫でそうになる手を留めて、ディアナは両手でファルグの体を押した。

「どいてください。ヨルゲン団長とエリアスさんをお待たせしてしまいます」

ぐいぐいと押せどもファルグは全く動かない。それればかりか目を閉じてしまう。飛び越えてしまえばいいのかもしれないが、着地に失敗し転ぶ未来しか見えない。

『どうせ、瘴気《しょうき》予報の旗上げと、街の見回りだけじゃないか。瘴気払いの要請にはまだ連れていってもらえないいんだろう』

「瘴気予報の旗はきちんと上げないと沢山の方が困ります。見回りも大切なお仕事です。わたしはまだ神獣騎士になったばかりなんですから、瘴気払いに連れていってもらえるわけがありません」

毎朝、団長のヨルゲンが測定した瘴気の量に応じて旗を上げる。その色で瘴気の量を知り、人々が行動するのだ。見回りも神獣を連れて王都を巡るだけで瘴気の発生を抑える効果があるのだから、欠かせない。

ファルグが呆《あき》れたように嘆息する。

『きみはお人よしだな。私が信用できないだけかもしれないぞ。そうじゃないと、あのお坊ちゃんとレイズルに監視させるわけがない。今、神殿にいる神獣で私の次に強いのはレイズルだ』

「エリアスさんたちは監視者ではなくて指導係です。ちゃんとお仕事を教えてもらっています」

ファルグはさっさと契約を切ってしまうことで有名だ。ファルグの推測も強《あなが》ち間違っていないかもしれないが、それでも指導係だ。

「きちんとお仕事をしていれば、そのうちあなたの悪評もなくなると思いますし。そうなったら嬉《うれ》しいです」

『私の悪評がなくなるのがそんなに嬉しいのか？』

不可解そうなファルグにディアナはぐっと拳《こぶし》を握りしめた。

「もちろんです。いくらあなたが気にしていなくても、悪く言われるのを傍で聞いているのは嫌な気持ちになります」

『悪く言われるもなにも、ほぼ事実だからな。きみの神獣はそういう神獣だ。悪評を払拭《ふっしょく》しようとするのは無駄な労力だぞ』

「無駄かどうかはまだわかりません。悪評はない方が過ごしやすくなると思いませんか？　それに――」

ディアナは満面の笑みを浮かべた。

「倒れず、寝込まず、少しくらい体調が悪くても一晩寝れば治って、毎日普通に過ごせるなんて、わたし史上最高の記録です。一月、ですよ、一月。この記録を伸ばしたいんです。だからどいてください」

『……きみは今までどれだけ寝込んでいたんだ』

胡乱《うろん》な目を向けてくるファルグはやはり身動き一つしない。ディアナは据わった目を向けた。

「どいてくれないのなら、わたしにも考えがあります」

『へえ？』

面白そうな声音に少し苛立《いらだ》ちつつ、ディアナは両手をかぎ爪《つめ》のように曲げファルグの耳の付け根の辺りをわしゃわしゃと撫でた。こしのある毛並みは非常に撫で心地がいい。

『……何をしているんだ？』

「犬は耳の付け根のあたりが気持ちいいそうなんです。犬扱いをされたくなかったら、どいてください。そうでないと次は――顎《あご》の下を撫でます」

ファルグは全く気分がよさそうな様子もなく、むしろ不審げな目を向けてきたが、ディアナはとっておきの作戦を告げるようににこりと笑った。

『――……それは、きみが撫でたいだけじゃないのか？』

「ち、違います！」

決して欲望を満たすための得策ではない。これはどかすための策略だ。

『犬扱いされたからといって、それがなんだ？　そら、撫でたいなら、撫でればいい』

寝台の上に座り直したファルグがこちらに向けて喉《のど》を反らす。背中とは違いふんわりと柔らかそうな毛並みを見せつけられたディアナは、目を輝かせてつい手を伸ばしかけ、しかしながらこらえるようにぐっと拳を握りしめた。

「ゆ、誘惑には屈しません」

顔を背けると、ふっと息を吐く音がした。視界の端に白い炎が見えたことにはっとして視線を戻すと、それよりも先に腕を掴《つか》まれる。

「誘惑になるのなら、いくらでも撫でればいい。半身のお願いを聞いてやらないとな」

黒髪の青年姿になったファルグは媚《こ》びるような艶《あで》やかな笑みを浮かべながら、ディアナの手を自分の喉元に押し当てさせた。滑らかな肌は、当然のことながらふんわりとした撫で心地ではない。一気に高揚感が消え失《う》せた。

「…………ふわふわじゃない」

「は？」

「撫でる醍醐味《だいごみ》は、ふわふわの毛並みを堪能することです。こんなのを撫でても楽しくありません。本当に間に合わなくなりますから、離してください」

こんなの呼ばわりをしたと気付かずに、肩を落としたディアナは掴まれた手を引いた。しかしながら引き戻される。

「随分と狼《あっち》の姿とは対応が違うじゃないか。きみは人間《こっち》の姿には一切興味がないんだな」

先ほどの色香はどこへいったのか、意地悪い笑みを浮かべて紋章がある掌《てのひら》を甘噛《あまが》みしてくるファルグに、ディアナはその額をぐいぐいと押した。

「そんなことはありません。どうやって人間の姿になるのか、獣の姿と人間の姿のどちらが本当の姿なのか、どうして人間の姿になるのか、とかまったく興味がないわけではないです」

「それは研究対象としての興味じゃないか。――……」

肩を揺らして笑ったファルグがふと顔を上げた。ディアナから目を逸《そ》らし、何かを探るように視線を窓へと向ける。そうして手を離すと、あれほどどいてくれなかった寝台から下りた。

「どこに行くんですか？」

あっさりと動いてくれたことに戸惑いつつ、妙に真剣な面差しで扉に向かったファルグに問いかける。

「——出かける頃《ころ》までには戻ってくる」

それだけ言い残し、あっという間に部屋の外へと出ていってしまったファルグをぽかんとして見送ったディアナだったが、はっと我に返った。

（支度、支度をしないと間に合わないわ）

ディアナは身支度をするべく、慌てて寝台を下りた。その拍子に、ばさりと寝台から冊子が落ちる。

「あっ……」

素早くそれを拾い上げたディアナは、ほっと息をついた。そうして表紙をそっと撫でる。

亡くなった母が自ら記したという様々な魔獣や神獣の生態や神獣騎士のことが書かれた冊子は、幼い頃からディアナの宝物だ。

（お母様、今日も無事に過ごせるように見守っていてください）

強く冊子を抱きしめたディアナは枕元に丁寧に置くと、すぐに身支度に取り掛かった。

＊＊＊

染み一つない純白の旗が聖堂の尖塔《せんとう》の上で翻《ひるがえ》っている。空は雲一つなく晴れ渡り、朝とはいえ夏の鋭い日差しが降り注いでいた。王都の通りには早くも働いている人々の姿が多く目につく。

「さっきはどこに行っていたんですか？」

王都に数ある聖堂の一つから出たディアナは、掲げられた瘴気予報の旗を満足気に見上げ、次いで足元にいる黒い狼姿のファルグに尋ねた。

宣言した通り神殿から出かける前に戻ってきたファルグだったが、時間も迫っていた為《ため》、どこへ行っていたのか聞きそびれていたのだ。

『どこへ行っていたと思う？』

「……わかるわけがありません」

ちらりとこちらを見上げたファルグの思わせぶりな言葉に、ディアナは大きく嘆息した。

（本当に秘密が多いわよね。半身のこともそうだし……）

嘘《うそ》をつくというより、煙《けむ》に巻かれているような気がする。詳しく話す気などさらさらないのだ。

どうしたら話してくれるだろうかと頭を悩ませていると、ふと声をかけられた。

「ディアナ君、終わったか」

振り返ると赤毛の馬の神獣レイズルを連れたエリアスが、こちらに向かってくるところだった。すれ違う人々が恭しく頭を下げるのににこやかに会釈を返しながらやってくる。

「はい。終えました。エリアスさんの方も見回りは終わりですか？」

「ああ。僕の見た限り、今のところ異常はないようだ」

ディアナが瘴気予報の旗を上げている間、聖堂の周辺を見回っていたエリアスは、確認するように傍に控えるレイズルを見上げた。

『ええ、エリアス。貴方《あなた》の目は確かです。何も問題はございません』

従順に小さく頷《うなず》いたレイズルが誇らしげに主《あるじ》を見返すと、ファルグが喉の奥で笑った。

『やけに目を自慢するな。瘴気が突然発生しても、それを予測できるとでも言うのか？』

「――ファルグ！　すみません、わたしの神獣が失礼なことを言って」

ディアナは慌ててその口を閉じるように両手で塞《ふさ》いだが、ファルグは簡単に振り払った。

『私でさえ、発生場所の近くにいないと予兆を感じ取れない。瘴気の発生を予測できたら、神か化け物だ。あまり目に頼っていると痛い目を見るぞ、と忠告してやっているだけだ』

『神と化け物を一緒にするな』

レイズルがかつん、と苛立ったように蹄《ひづめ》を鳴らした。

「レイズル、よせ。僕は気にしていない」

宥《なだ》めるように自分の神獣の首を軽く叩《たた》いたエリアスのおおらかさに感謝しつつ、ディアナは険悪な雰囲気を変えようと彼らの間に割り込んだ。

「あ、あの！　エリアスさんの対価場所は目ですよね。どんな風に見えるんですか？　対価場所は強化されるんですよね」

ディアナの質問が意外だったのか、エリアスは左だけ馬の横顔の紋章が刻まれた目をわずかに見開いたが、すぐに答えてくれた。

「見え方は普通の人間とほとんど変わらない。ただ、人より瘴気がよく見える。それだけだ」

謙遜《けんそん》気味に苦笑いをするエリアスに、ディアナは興奮に目を輝かせた。

「瘴気がどんなに薄くても見えるんですか？　逆に濃い時にはどう見えるんですか？　その時体の異変があったり、不自由なことは――っ。な、何をするんですか、ファルグ」

ファルグに服の端を噛まれてぐいと引っ張られ、ディアナは眉《まゆ》を顰《ひそ》めた。

『近づきすぎだ』

不機嫌そうに注意され、いつの間にか前のめりになっていたことにようやく気付き、慌てて唖然《あぜん》としているエリアスから一歩下がった。

「すみません。ちょっと夢中になってしまって……」

「いや、ディアナ君は勉強熱心で頼もしいな」

エリアスから感心したように褒められたが、ディアナは首を横に振った。

「知識だけ蓄えていても、使うところがなければ意味がありません。わたしにはお役に立てるような能力もありませんし、瘴気耐性がようやく人並みに届くかどうかくらいになっただけです」

それだけでもディアナにとっては奇跡に等しい。

そんなディアナにレイズルが蔑《さげす》むような目を向けてくる。

『よくわかっているようだな。エリアスは瘴気をまき散らす魔獣の居場所を見つけ出し、どんなに濃い瘴気の中でも動ける。そんな能力はひ弱な小娘には微塵《みじん》もないだろう』

つらつらと挙げられるエリアスの能力の詳細に、ディアナは再び目を輝かせた。

「すごい……。そういうことができるんですね！　そうすると魔獣が纏《まと》っている瘴気の色も見分けられたりしますか？　そういう研究結果があるそうなんですけれども、本当に――」

『だから、きみはさっきから近づきすぎだ』

知識欲を刺激され、また距離を詰めてしまったのだろう。ファルグが再度服を引っ張る。先ほどよりも強い力に、ディアナは身構える間もなく尻《しり》もちをついてしまった。

「……っ！」

「ディアナ君！　大丈夫か？」

エリアスが焦った声を上げてこちらに足を踏み出した。

「……はい、大丈夫です。少し驚いただけです」

「それならよかった。ファルグ、いきなり引っ張っては危ないだろう」

手を差し出してくれたエリアスが咎《とが》める視線をファルグに送るのと、白い炎が吐き出されたのは同時だった。

「まったく……。きみはレイズルさえも困惑させているじゃないか」

人間姿になったファルグが、エリアスの手を借りようとしていたディアナの腕を奪うように後ろから掴んで立たせた。気付けば確かにレイズルが馬の目だというのに薄気味悪そうな感情を浮かべているのがわかった。

「それでも、いきなり引っ張らないでください」

ディアナは首だけ振り返ってファルグに恨みがましい目を向けた。

「そうしないと突進していきそうな勢いだっただろう。私にしたようにレイズルを撫でまわして毛を要求しかねない。怒りに触れて死にたいのか？」

腕を掴むファルグの手に力がこもる。その顔に浮かぶ笑みは皮肉気だ。

「そんな失礼なことはしません！　それは……ほんの少しだけは考えましたけれども、本当にちょっとだけです」

「やっぱり考えているじゃないか」

「――っ目の前に色々な種族の神獣がいるんですから、眺めて妄想……いえ、想像するくらい許してください」

　先ほどよりもさらにじっとりとした目でファルグを見据えると、彼はなぜか言い返すことなく目を眇《すが》めて探るように周囲に視線を走らせた。

（何かあった？）

　ファルグの視線の先を追ったが、何も不審なことはない。籠《かご》に入った野菜を荷車で運んでいた男性が足を止めて帽子を取り、こちらに一礼しただけだ。

　慌ててエリアスと共に礼を返していると、ファルグがこちらに向き直った。

「――わかった、わかった。私の毛をやるからそれで我慢しておけ」

　ファルグがにやりと悪戯《いたずら》っぽく唇の端を持ち上げる。ディアナは思わず詰め寄った。

「本当にくれるんですか⁉」

「大切な主のお願いだからな。ただ――」

　言葉を切ったファルグがふわりと黒い狼の姿へと戻る。胡散臭《うさんくさ》そうにこちらを見ていたレイズルが何かに気付いたようにはっとし、鋭い視線を聖堂と真逆の方へと向けた。そのただならぬ様子に気を取られたディアナは、ファルグの行動に気付くのに遅れた。

『一緒においで、ディアナ。そうすればきみの願いを叶えてやる』

そう言うなり、軽く飛び上がったファルグはディアナの襟首をくわえ、そのまま走り出した。

「――ファルグ！　ディアナ君をどこに連れていくつもりだ!?」

エリアスの焦った声が耳に届いたが、すぐに聞こえなくなる。

（えええっ、どこに行こうとしているの!?）

口を開けたら舌を噛みそうなので、きつく唇を引き結ぶ。

わけもわからず連れていかれ、はっと我に返ったのは急にファルグが立ち止まった時だった。

ファルグの傍らで膝《ひざ》をついたディアナは息の仕方を忘れていたように、大きく息を吐いた。

幸い、引きずられなかったらしくどこも痛むところはない。辺りを見回せば、人一人がようやく通れるほどの細く薄暗い路地裏だった。

「ど、どうしてこんな場所――っ！」

すえたような臭いが鼻をかすめ、ぞわっと肌が粟立《あわだ》った。せっかく呼吸が楽になったというのに、吸っても新鮮な空気が取り込めない。路地裏の薄暗がりに、どろりとした質感の漆黒の何かが広がっていた。

（瘴気！）

いつもつけている彩光石のブローチを握りしめようとして、ぎくりとした。

（ない……。落とした!?）

ファルグほど綺麗《きれい》に瘴気を払えなかったが、普通に息ができる効果はあったのだ。

さっと青ざめたディアナとは逆に、ファルグが楽しそうに喉を鳴らした。

『思った通り、そこそこの質だな』

ファルグがぼそりと意味のわからない言葉を口にする。だがディアナはそれどころではなかった。

(すごく濃い……。瘴気の突然発生よね？　元になった魔獣はどこ？)

濃淡はあってもこの大陸では常に瘴気が漂っているが、獣が瘴気によって魔獣化する際爆発的に瘴気が増える。その現象が瘴気の突然発生だ。それなのに、元になった魔獣の姿が見当たらない。

(息苦しい……。そんなに多くない量なのに……)

息を吸うとむせかえりそうになる。この感覚はファルグと出会った時以来だ。

ディアナは半ば縋《すが》るように傍らのファルグの首元の毛を掴んだ。

「……っ、地母神様の遣い、十二神獣、ファルグ、瘴気を払って」

途切れ途切れに何とか命令を下したが、ファルグは身動き一つしなかった。

『まだだ』

ファルグが瘴気を見据えたまま機嫌がよさそうに一度だけ尾を振り、身を低くした。赤い舌が躍るように舌舐めずりをする。胸元を押さえ、荒い呼吸を繰り返すディアナの状態など全く気にしていない。

「駄目、早く。ここから、あれが出たら王都の方々に……っ」

被害が出る、という言葉は口から出なかった。唐突に暗幕のように広がった瘴気がディアナたちに襲い掛かってきたのだ。

王宮で圧死しかけた時と同様に圧力で骨がきしむ。喉が焼けるように熱くなり、これまで以上にうまく息が吸えない。

ディアナは傍らにいるファルグの漆黒の毛並みを握りしめ、必死に顔を上げた。

「ファルグ！　払いなさい!!」

喉が裂けてもかまわない、とばかりに怒鳴るとファルグはようやくこちらを見た。満月の双眸がディアナを見据え、うっそりと嗤《わら》う。狼の顔でも明らかにわらったのがわかる。ぞくりと悪寒が走った。

『——ああ、わかった。主殿』

ファルグが遠吠《とおぼ》えをすると同時に、ぶわりと青い炎が広がる。瘴気を舐めるように燃やした青い炎は、一つの塊となってファルグの元へと戻ってきた。ファルグが大きな口を開けてばくりとそれに食らいつくと、瞬く間に霧散した。

『やっぱり、美味《うま》いな』

ファルグの満足気な声は、ほっとして地面に倒れ込んだディアナの耳には意味のある言葉として届かなかった。

(体が重い。瘴気を吸い込みすぎた……。早く立ち上がって、状況を確認しないと駄目なのに)

神獣騎士だというのに倒れているところを王都の住人に見られれば、不安を与えてしまう。

「――起きられないのか？」

驚いた声と共に、起こそうとしていた体が浮いた。重い瞼《まぶた》をどうにか開くと、興味深げにこちらを覗き込む青年姿のファルグの顔があった。どうやらファルグに横抱きにされているらしい。しっかりとした腕の中は安定感があって、落ちるような不安は微塵も感じられない。

「……ありが――」

「これっぽっちの瘴気もまだ駄目か。……仕方がない、帰るか」

落胆した響きに、胸に鈍い棘《とげ》が刺さったような気がした。

――ハーヴィストの家の娘なのに、情けない。あんなに瘴気耐性が低いなんて。

まるでディアナの行いが悪い、とでもいうような一部の人々の囁《ささや》きや視線が脳裏に蘇《よみがえ》る。

(……体質を変えられる方法があるなら、とっくにどうにかしていたわ)

神獣と契約すればもしかしたら少しは瘴気耐性が高くなるかもしれない、という望みにかけるしかなかったのだ。

「こんなに弱くちゃ、何度も連れ出すのは無理か……？」

ディアナに向けて言ったのではないだろう。それでも、ファルグの小さな呟《つぶや》きに力の入らなかった体が強張《こわば》った。

こみ上げた怒りが、引き結んだ唇を押し開ける。

「……好きで弱いわけじゃないわ！」

怒鳴った拍子にくらりと眩暈《めまい》がし、意識が遠のく。狭くなった視界に、眉を顰めたファルグの顔が映り、はっとした。

(あ、駄目。別にわたしを責めているわけじゃないのに……)

謝ろうと思った時には、ディアナの目の前は完全に真っ暗になった。

＊＊＊

瘴気で倒れたディアナが寮で意識を取り戻したのは、その日の正午のことだった。

「しばらく貴女《あなた》には詰め所の書庫整理をしてもらいます。期間は明日から一月後の地母神様の祝祭まで。その頃には、契約に体が慣れて瘴気耐性ももう少し高くなっているでしょう」

体調がよければ来てほしいと呼び出された神獣騎士団長の執務室で、ディアナは驚くと同時にほっと胸を撫で下ろした。

(王都を騒がせたのに、本当にそれだけでいいのかしら……)

いくら瘴気を払ったとはいえ、神獣の暴走を止められなかったのだ。もっと重い処分だと思っていた。

白い梟《ふくろう》の神獣クヴィを肩に乗せたヨルゲンが穏やかな笑みを浮かべているのを見て、ディアナは慌てて居住まいを正した。

「色々と考慮していただいてありがとうございます、ヨルゲン団長。粛々と努めます」

安堵《あんど》するディアナとは逆に、足元にいた黒い狼姿のファルグが不満そうに鼻を鳴らした。

『瘴気を払ったのに、まだ実践には連れていかないのか。働き損だったな』

ぼそりと呟かれ、ディアナは眉を顰めた。

「もしかして……早く神殿の外に出たくてあんなことをしたんですか？」

『退屈じゃないか。きみだって早く現場に出たいだろう。主の想《おも》いをくみ取ってやっただけだ。思った以上にきみが弱かったのは誤算だったが』

全く悪びれもせずに言ってのけるファルグに、ヨルゲンとクヴィがディアナに憐《あわ》れみの視線を向けてくる。部屋の片隅に控えていた神獣騎士とその神獣からの興味津々といったような視線も痛い。

「手綱が握れていなくて、申し訳ありません……」

しかもこれからしばらくは書庫内での仕事だ。なおさらファルグの鬱憤《うっぷん》が溜《た》まるだろう。軽い処分かと思ったが、全くそうではなさそうだ。

ディアナが頭痛を覚えていると、ヨルゲンが苦笑いをした。

「いいえ。まだ神獣騎士になって間もないのですから、こういうこともありますよ。ともかく、被害が出る前に瘴気を払えたようですし、問題ありません。それよりも……」

雰囲気を真面目《まじめ》なものへと変えたヨルゲンにディアナは背筋を伸ばしたが、ヨルゲンの視線はファルグへと向けられた。

「ファルグ、貴方はレイズルよりも早く瘴気が発生したことに気付いて、ディアナさんを連れていったそうですね。何か原因に思い当たることはありませんか」

真っ直《す》ぐにこちらを見据えるヨルゲンの口元にいつもの笑みはない。それに対し、ファルグは小さく嘆息した。

『私が瘴気を集めたとでも言いたいのか？　私は他の神獣よりも鼻が利く、だから近くで瘴気が発生する気配をいち早く嗅《か》ぎ取れた。それだけだ』

ディアナはファルグを見下ろした。視線に気付き、こちらを見上げてくる黄金の瞳《ひとみ》は嘘偽りを言っているようには見えない。

（でも、全部は言っていない、ともとれるわよね？）

ファルグは秘密主義だ。嘘をつくというより、黙っていることは多い。

ディアナが口を開こうとすると、それよりも先に視線を外したファルグは再びヨルゲンを見据えた。

『そもそも、私は神獣だ。瘴気を払うことはできても、集められるわけがないだろう。お前が神獣騎士団長だというなら、それくらいわかっていて当然じゃないか』

とんでもない発言を聞き、ディアナは慌ててファルグの首根っこを押さえた。

「どうしてそう余計なことを言うんですか！　すみません、ヨルゲン団長。失礼なことを……」

ファルグが嫌われるのは、こういう余計な一言が多いのもあるからだろう。無自覚ならまだしも、確信犯でしかも楽しそうなのだから質《たち》が悪い。

「いいえ。疑うようなことを先に口にしたのは私の方ですから。――クヴィ、やめなさい」

怒ったように羽毛を膨らませたクヴィの嘴《くちばし》を指先で弾《はじ》いたヨルゲンは、考えるように軽く目を伏せたが、しばらくして目線を上げた。

「実は……ここ一年の間、今回のように魔獣が出没していないのにもかかわらず、王都やその周辺で原因不明の瘴気の突然発生が増えているのです」

目を瞬《まばた》いたディアナははっと思い出した。

（そういえば、魔獣がいないのが変だと思ったのよね。いれば、もっと騒ぎになっているはず）

逃げたとしてもその先々で瘴気をまき散らすのだから、すぐにわかる。

「――わかりました。ファルグでもわからないとなると仕方がありませんね。アラン、いいですよ」

「はいはい、騒ぎにならなくてよかったよ」

嘆息したヨルゲンが部屋の片隅に呼びかける。その時初めて部屋の片隅に控えていた神獣騎士と神獣が、ディアナたちの退路を断つように扉の前に移動していたことに気付いた。

華やかな印象の金茶の髪の神獣騎士はディアナと目が合うとにこりと笑い、その足元にくっつくようにして佇《たたず》むオレンジ色の羊の神獣はつんと顎を上げた。

『スヴァルはファルグが絶対怒って暴れると思ったけど』

『信用がないな』

ファルグが小馬鹿《こばか》にしたように喉の奥で笑う。

「自分でそれを言わないでください……。――警戒をさせてしまって、すみません。アラン副団長、スヴァル」

ディアナは肩を落とすと、アランたちに向けて頭を下げた。

新人だからと多目に見てもらえるうちに、ファルグには勝手に行動するのを改めてもらわなければ。

「ひとまず、何か気付いたことがあれば報告してもらえると助かります。今日はもう上がって体を休めてください。明日《あす》からまた頑張っていただきますので」

そう締めくくったヨルゲンに、ディアナは頭を下げて退室しようとして、足を止めた。

「あの……。エリアスさんにも何か処分が下るのでしょうか？」

寮で目を覚ましてすぐにここに向かったので、エリアスとはまだ顔を合わせていない。ファルグによると一緒に戻ってきたが、その後は知らないという。

「ええ。貴女と一緒に神殿内の仕事をしてもらいます。それが処分です」

「ファルグがエリアスさんの制止を振り切ってしまっただけなんです。エリアスさんの期間はもう少し短くしてもらうわけには……」

「それはできません。私がエリアスに任せたのは貴女の指導です。まだ慣れていない神獣騎士の神獣が勝手な行動をした場合の歯止め役も担っています。これはけじめです」

笑顔できっぱりと言い切られ、ディアナは内心でがっくりと肩を落とした。

(さすがに軽減してもらうなんて無理よね……。レイズルに激怒されても仕方がないわ)

ディアナは神妙な面持ちで再度頭を下げると、ファルグを連れて退室した。

どんな処分が下るのか緊張していたのだろう。閉じた扉の前でほっと息を吐くと力が抜けた。

ちょうどその時、足音がした。

「ディアナ君、大丈夫か？」

「エリアスさん！　はい、大丈夫です。――ご迷惑をおかけして申し訳ありません」

いつからそこにいたのか、心配そうな表情を浮かべたエリアスを見つけたディアナは頭を下げた。

「いや、顔を上げてほしい。僕も貴女がファルグに連れていかれるのを止められなかった」

「考えなしのファルグとひ弱な主がいい迷惑だ。私の主に迷惑をかけるな」

「レイズル、それはいい」

窘《たしな》めるエリアスの後ろから、赤い鬣《たてがみ》のような髪をした美丈夫がこちらを睥睨《へいげい》していた。ディアナを見据える様子は、エリアスに害をなす者は許さないとばかりに威嚇《いかく》する番人のようだ。

予想通りのレイズルの嫌味にファルグが反論するかと思ったが、意外にも聞く価値もないとばかりに欠伸《あくび》をしただけだったので、胸を撫で下ろす。そんなディアナにエリアスが苦笑した。

「今、聞こえてしまったが、僕が処分を受けないようにとりなしてくれただろう。……とても、嬉しかった。ありがとう」

エリアスが嬉しそうに目を細める。薄く上気する頬《ほお》に弧を描く口元を見て、ディアナは慌てて首を横に振った。

「お礼なんて言わないでください。お世話になっているのに迷惑をかけたのは、わたしたちです」

「……そう思ってくれるような指導ができているようで、よかった。——これからもよろしく頼む」

　親しみのこもった笑みを浮かべたエリアスが握手を求めるように手を差し出してきた。ディアナがその手を取ろうとすると、それを遮るように足元にいたファルグが頭でディアナの手を押し上げた。

『私の主に触るな。不快だ』

　エリアスがわずかに肩を揺らして静かに手を引く。ディアナはファルグの首根っこを素早く引っ張った。

「ただの握手じゃないですか。何が気に入らないんですか」

『あのお坊ちゃんの笑顔が不快だ』

「なんですかその失礼すぎる言いがかりは……。エリアスさんに謝ってください」

　訳がわからない主張をするファルグを後ろに下げようとディアナが奮闘していると、ディアナから数歩離れたエリアスが興味深そうにこちらを見てきた。

「ファルグがこんなに嫉妬《しっと》深いとは驚いた。レイズルは知っていたか？」

「いえ、嫉妬するファルグなど、見たことも聞いたこともありません。どういう風の吹き回しなのか……」

　レイズルが探るように目を眇める。何かを察したのか、ファルグは白い炎を吐き人間の姿になると、ディアナを後ろから抱き込んできた。

「誰《だれ》が嫉妬だ。それはお前の方じゃないか。人間は愚かだと蔑んでいるくせに主至上主義の駄馬が」

その理屈でいくと主も愚かだということになるが、それはどうなのだろう。ちょっとした疑問を覚えたディアナだったが、それよりも鋭く見据えてくるレイズルの足元から赤い霧が湧《わ》き出してきたことにぎょっとした。

「ファルグ、挑発しないでください」

「レイズル、ここで力を使うな」

互いの主に窘められて、ファルグは不敵な笑みを浮かべたままだったが、レイズルは苛立ったように踵《かかと》を一つ鳴らすと赤い霧を消した。その様子にディアナとエリアスは互いに労《いたわ》るように視線を交わした。

「ディアナ君はまだ昼食をとっていないだろう。僕もまだだ。よければ一緒に食堂へ行こう。時間的にもう残り物しかないかもしれないが」

「はい、行きます。お腹《なか》が空きました」

ディアナが気にしすぎないように誘ってくれたのだろう。エリアスに感謝しながら続こうとしたが、ファルグは腕を解いてくれなかった。

「離してください。お昼を食べ損ねます」

ディアナがついて来ないことに気づいたのか、少し先で待っていてくれているエリアスを見て、ディアナは慌てた。

「先に行ってください。すぐに追いつきます」

エリアスは少し躊躇《ためら》う素振りを見せたが、レイズルに促され歩いていった。

彼らの姿が見えなくなるまでもなく、ディアナは抱え込むファルグの腕を引っ張った。

「さっきからどうして抱え込むんですか。本当に嫉妬したとかじゃないですよね」

どうにかして腕から抜け出そうとしていると、なおさら引き寄せられてしまった。そのまま掌の紋章に噛みつかれる。

「きみは忘れているようだが、私はきみを口説いている最中なんだぞ。半身候補に近寄ろうとする雄を排除しようとするのは本能だ。嫉妬とは違う。邪魔されるのは不快だ」

妙に真剣みを帯びた声音に、ディアナはそろそろと振り返った。こちらを見下ろしてくる黄金の双眸は獰猛《どうもう》だ。

(頭からばりばり食べられそう……)

ディアナに近寄ろうとする者には容赦しない、という感情が透けて見える。

恐れなのか緊張なのかよくわからない気持ちのまま、ごくりと喉を鳴らす。

「エリアスさんがそんな気持ちでわたしに接しているわけがないじゃないですか」

「そうだとしても、きみはお人よしすぎるからな」

薄く笑みを浮かべたファルグはディアナの手に何かを握らせた。そうしてようやく体を離す。

「これ……わたしのブローチ！　拾ってくれたんですか？」

渡された物を確認し、ディアナは歓声を上げた。自分の薄桃色の瞳と同じ色の彩光石があし

らわれたブローチは、確かにファルグに瘴気の前に連れていかれる最中に落としてしまった物

だ。

「私は鼻が利くと言っただろう。これがないときみはあっという間に倒れるからな」

「ありがとうございます！　大切な物なんです」

彩光石は高価で希少だ。貴族だとしても普通の宝石とは違い、そう簡単には手に入らない。

拾った誰かが自分の物にしてしまう可能性は高かった。もう見つからないと思っていただけに、

嬉しさもひとしおだ。

「随分と喜ぶな。そんなに彩光石が欲しいなら、いくらでもとってきてやるぞ」

「これがいいんです。わたしが一番初めに貰《もら》った彩光石ですから。他の物だと意味がありませ

ん」

ディアナはいそいそと襟元に留めて上から押さえた。硬く冷たい感触にほっとする。

（よかった……。でも、どうして落ちたの？　どこも壊れていないわよね？）

ブローチを軽く引っ張ってみても外れる気配は全くない。ディアナが不思議に思っていると

ファルグが低い声で尋ねてきた。

「誰に貰った？」

「――……両親です。わたしが生まれた時に贈られた物だと、乳母から聞いています」

ディアナはわずかに視線を落とした。その様子にファルグが目を眇める。

「へえ……そうか。それじゃつけるなと言ったら、きみは怒るだろうな」

「はい、怒ります」

大切ならしまっておけばいいが、ディアナの身を守る物なのだからつけなければ意味がない。

軽くファルグを睨《にら》むと、彼は何を思ったのかにやりと笑みを浮かべた。

「怒るくらい大切な物を探してきてやったんだ。ご褒美をくれてもいいだろう」

ずいと迫られ、ディアナは後ずさった。ねだるようなファルグの表情は悪戯めいているというのにほんのりと色香を感じて警戒してしまう。

「ご、ご褒美ですか？　高価な物じゃなければ、何でも……」

言いかけて、はっと気付いた。

「半身にはなりませんから！」

「……惜しいな。もう少しだったんだが」

全く悔しそうでもなんでもなくファルグが笑った。

主を言いくるめようとするなど、油断も隙《すき》もない。

疲れたように息を吐いたディアナは、ふとブローチを落とし倒れる直前のことを思い出した。

「あの……倒れる前に、怒鳴ってしまってすみません。あれは八つ当たりでした」

ファルグとの契約以降、あそこまで瘴気に苦しんだ覚えがなく取り乱していたのは自覚している。ディアナの事情など知らないファルグにぶつける怒りではない。

「私がすぐに瘴気を消さなかったことを怒ったんじゃないのか？」

「え？　瘴気を消す頃合いを窺《うかが》っていたんだと思いましたけれども、違うんですか？」

不可解そうに眉を顰めたファルグに首を傾《かし》げると、彼はますます困惑したようにこちらを見据えてきた。

「いや、合っている。合っているが……。きみは何なんだ」

「ディアナ・ハーヴィストです。あなたと契約をした主です」

何なんだと言われても答えようがなく、そう口にするとファルグは小さく噴き出した。

「そうか。そうだなあ」

「……よく、わかりませんけれども、許してくれたのなら早く食堂に行きましょう。エリアスさんたちが待っています」

妙に機嫌がいいファルグを促し、ディアナはさっさと食堂に向けて歩き出した。

＊＊＊

目の前に雑多に積まれた報告書や本を前に、ディアナは目を輝かせて次から次へと手を伸ばしていた。

「これ、東レグランの魔獣討伐記録だわ。あ、これは……ククリ谷の神獣の加護の話。うわぁ……こっちは山の王・神獣マルコスの観察記録！」

黴《かび》と埃《ほこり》の臭いがこもる神殿書庫で、ディアナはぶつぶつと呟きながら宝の山との対面に歓喜の身震いを抑えきれなかった。

ヨルゲンからディアナに科せられた書庫整理という仕事は、ディアナにとっては外に出て役立てない鬱屈《うっくつ》を吹き飛ばすようなものだった。

「毎日、毎日、紙と睨み合っていて、よく飽きないな」

人間の姿で隣に座るファルグが暇を持て余したようにだらりと机に頭を乗せてこちらを見上げてくる。

大きな机の上に乗せられた数々の資料を前にわくわくしながら仕分けをしていたディアナは、元気よく頷いた。

「飽きません！　こういった報告書の類《たぐい》は神殿の外には出てきませんから」

ファルグの王都爆走事件から数日。午前中は各国に駐在する神獣騎士から送られてきた報告書を整理し、午後は書庫の整理、といったように、ディアナにとっては充実した日々を過ごしていた。

「いい隔離方法だな。きみの知的好奇心を利用すれば、いくらでもきみと私を書庫に閉じ込めておける。だがな、私をここに長く置くのはおすすめしないとヨルゲンに言ってやれ」

苦々しそうに机に頬杖《ほおづえ》をつくファルグに、ディアナは報告書の束から顔を上げた。

「外に出たいのはわかりますけれども、地母神様の祝祭が終わるまで我慢してください」

そもそも書庫の仕事を任されているのは、半分はファルグの自業自得だ。

全く反省の色が見えない神獣に困ったように眉を下げると、ファルグは盛大な溜息《ためいき》をついた。

「――きみはおめでたい頭だな。神獣騎士になんかならなければ、知らなくていいことが山ほど出てくるだろうに」

「この報告書の中にそういうことがある、ということですか？」

真っ直ぐに見据えてくるファルグの黄金の瞳を見返し問いかけたが、彼は答えることなく、ちょうど書棚の間から本を抱えてやってきたエリアスを振り返った。その背後には同じように本を抱えた人間姿のレイズルがいる。

「エリアス、お前からもヨルゲンに進言しろ。お前も書庫にこもってディアナのお守りをしているのは、うんざりしてこないか？」

「いや、うんざりはしていないが。これも僕の務めの一つだ」

生真面目に答えるエリアスの傍で、レイズルがこちらを睥睨した。

「それだけ不平をこぼすのならば、いつものようにさっさと契約を切ればいいものを。そんなにそのひ弱な小娘が気に入ったのか？」

「お前は気に入らない人間を主にするのか？　お前がそんな被虐趣味だったなんて初耳だな」

喧嘩《けんか》を売るのが趣味なのか、と疑いたくなるほど今日も流れるようにレイズルを挑発するファルグの腕をディアナは慌てて引っ張った。

「ファルグ、書庫の奥を整理しに行きますから、手伝ってください」

ディアナに引っ張られるまま、ファルグは意外にも大人《おとな》しくついてきてくれた。エリアスたちから見えない書棚の間に入ったところでようやく手を離す。

「どうしていつも突っかかるんですか。仲良くしてください、とは言いません。でも、言い返さないでください」

「正直な感想を言っただけだ。突っかかってはいない。それにしても……。お人よしのきみのことだ。みんなと仲良くしてください、とでも言うかと思ったが違ったな」

悪びれなく肩を竦《すく》めたファルグだったが、次いでディアナを興味深そうに見やった。

「――相手が仲良くしたいと思わなければ無理ですから」

ディアナはファルグから目を逸らし軽く視線を落とすと、倒れていた書棚の本を手に取った。

（……拒絶されているのに近づけば、自分が苦しくなるだけだし）

ふと気持ちが沈みかけて、それを追い払おうと慌てて別の本に伸ばした手を、横合いからファルグが掴んだ。

「何――」

「きみは父親に疎まれていると思っているのか？」

ファルグから出てくるとは思わなかった言葉に、ディアナは大きく目を見開いた。ファルグがそう言うほど多く親の話をした覚えはない。あまりにも突拍子がなさすぎる。

「どうして……」

「わかったのか、か？　そんなもの、きみを見ていればわかるだろう。きみは親の話が出ると急に大人しくなって下を見るじゃないか。その時と同じ顔だ。なぜ疎まれていると思うんだ？」

手を離される代わりに顔を覗《のぞ》き込まれ、ディアナは息をのんだ。

ファルグがそこまでディアナの仕草をよく観察しているとは思わなかった。嬉しいというより複雑な気分になる。

（……疎まれている理由なんて、言いたくない）

事実を再確認してしまうようで言いたくはない。探るようなファルグの視線を振り切り、ディアナは引き結んでいた唇を静かに開いた。

「言いたくありません」

ファルグに背を向けて、再び書棚の本に手を伸ばす。背後でファルグが呆れたように嘆息した。

「言いたくないほどの理由があるくせに、私が父親を排除しようとするのを止めるのはなぜだ。きみの憂いのもとなら消してきてやるぞ」

ディアナは振り返ることなく手にした本を抱きしめた。

「だから、半身になれ、ですか？」

「よくわかっているじゃないか。まあ、きみは頷かないだろうがな。死んでも止めるんだろう」

背を向けていてもファルグが肩を竦める気配がわかり、ディアナは細く息を吐いた。

（このままだと、ずっとしつこく追及してきそう……。——少しだけ、なら）

全てを口にすることはないのだ。ファルグにも隠し事があるようなのだから。

ディアナは抱きしめていた本を書棚にきちんと立てて戻すと、ファルグを見ることなく口を開いた。

「——わたしの家は神殿狩人《かりゅうど》の名門と言われているんです」

ふん、と背後で若干不機嫌そうに鼻を鳴らされる。

「神殿狩人……。魔獣を狩る人間のことか。なるほどな。父親が魔獣の討伐に出ている、とか言っていたのは父親が神殿狩人だからか。それがどうした？」

ファルグに促され、ディアナは一度唇を噛みしめると先を続けた。

「父は……優秀な狩人なんです。瘴気耐性が低くて家に貢献できないわたしには興味がないようで、物心ついた頃からほとんど近寄りません。疎まれているのはわかりきっています」

神獣騎士と同様に神殿狩人も高い瘴気耐性が求められる。魔獣の討伐が主な仕事なのだから、神獣騎士よりもさらに体力や身体能力が必要だ。どれもディアナにはないものだ。

代々男女問わず優秀な神殿狩人を輩出するハーヴィスト家の娘なのに、狩人になれる見込みのないディアナに割く時間などがあれば、魔獣の討伐をした方がよっぽど人々の助けになる。

「それなら、なおさら父親がいなくなればきみの憂いはなくなるじゃないか」

心底理解できない、というようなファルグをディアナは振り返って真っ直ぐに見上げた。

「親に愛されてはいなくても、育ててもらった恩はあります。いなくなればいい、なんて思ったことはありません」

度々寝込むことはあっても、使用人によって何不自由なく過ごせていた。ハーヴィスト家当主である父の指示なのはわかっているし、丸投げだとしてもそれには感謝している。

「わたしは父を見返したいんです。神獣ファルグの主の神獣騎士として立派にやっていけることを証明したい。その時、父がいないと神獣騎士になった意味がありません」

長年、辺境であるが為に魔獣の多いハーヴィストの領地を守ってきたばかりか、各地の魔獣討伐にまで出向く父をそう簡単に見返せるとは思わない。それでもいつかは、と目標を立てることくらいはしたい。

「――本当にそれだけか？」

「え？」

思わぬ問いかけをされ、ディアナは目を瞬いた。

「神獣は親が子を育てない。産み落としただけで勝手に成長する。私には人間の親子の情などわからないが、ただ父親を見返したい、それだけで全身を対価に差し出せるとは到底思えないんだがな」

「それは……」

つい口ごもってしまってから、はっとする。

「あるんだな。他の理由が」

ディアナの動揺をファルグが見逃すわけもなく、彼は薄い笑みを浮かべた。

「い、言いたくはありません」

ファルグの追及を逃れるべく、ディアナは後ずさった。その分、ファルグがこちらへと近寄る。

獲物を弄《もてあそ》ぶ肉食獣のように楽しげな表情は、本気で理由を知りたがっているようには見えない。明らかに面白がっているだけだ。外に出られず退屈していた分、ディアナをからかうのはそれはそれは楽しいだろう。

「半身のことなら、何でも知りたいのが神獣だ。きみが明かしてくれるのなら、私が知っている大抵のことは教えてやるぞ」

「み、魅力的なお話ですけれども、半身はお断りしているので辞退します」

さらに一歩下がると、書庫の壁が背中に当たるのに気付いて、顔を引きつらせた。

(奥に入るんじゃなかった!)

両脇《りょうわき》は書棚だ。逃げ道はファルグの向こう側しかない。

「なあ、ディアナ。私に話せば憂いを晴らしてやれるかもしれないぞ」

手を伸ばしてきたファルグがディアナの紋章の浮かんだ手を取って、見せつけるように唇を寄せた。そのまま甘噛みされ、誘惑するような視線にディアナはごくりと喉を鳴らした。毒を含んだかのような酩酊《めいてい》を覚える笑みに慌てて口を開く。

「……っわ、わたしは半分答えたんですから、次はファルグが隠していることを話す番じゃないですか? そうしたら考えてあげてもいいです。ファルグばかり知りたいことを知れてずるいと思います」

苦し紛れに言い募ると、ファルグは珍しく目を丸くし、次いで豪快に笑い出した。

「はははっ、考えてあげてもいい、の上にずるいときたか。なるほど、それもそうだな」

声を上げて笑ったファルグはふとディアナを見据えた。その目は興味深そうに輝いている。

「それなら、一つ教えてやる。――きみの住んでいたハーヴィストの屋敷、あそこは彩光石だらけだったぞ。おかげで居心地が悪くて仕方がなかった」

「彩光石だらけ、ですか？　わたしの彩光石が沢山ありましたから、当然じゃないですか。どういう意味ですか？」

何を言い出すのかと思えばそんなことかと拍子抜けする。ファルグが改めて告げることではない。不可解な言葉に、ディアナがさらに詳しく聞き出そうとした時、ファルグが笑みを消したかと思うと唐突にぐいと腕を引っ張った。

「──ああ、残念だったな。時間切れだ」

転びかけたディアナをファルグが抱きしめるように受け止める。ふわりと森の香りが鼻先をかすめた。

なにが、と口に出そうとして、清々《すがすが》しい森の香りを掻《か》き消すようなすえた臭いが背後から漂ってきたことにはっとした。

（瘴気!?　どうしてこんな場所に……）

慌ててそちらを見ると、黒くとろみのある液体のような瘴気が書庫の壁からじわじわと染み出してきていた。

瘴気にあてられたのか、ぐらりと視界が揺れる。その目の端を青い炎がよぎった。ファルグが吐いた青い炎が、壁から染み出す瘴気を瞬く間に焼き尽くす。

「……そろそろ限界か？」

小さく呟いたファルグを見上げると、彼はこちらを見ていなかった。どうやらディアナに対して言ったわけではないようだ。

「どうして、書庫に瘴気が発生する……――あれ、何ですか!?」

ファルグが素早く瘴気を消してくれたからだろう。すぐに眩暈は治まったが、再び壁を振り返ったディアナはそのまま息をのんだ。

書庫の壁自体が発光しているかのように、ぼんやりと光っていたのだ。

(違う。壁じゃなくて、文字と絵が光っている……!)

茸《きのこ》や苔《こけ》の中には発光する物があるそうだが、それとは違う。明らかに壁に描かれた文字と絵が光っていた。あんなものは見たことがない。さすがに血の気が引いた。

「あれは……あなたの仕業ですか？　エリアスさんからはあんな絵があることなんて、聞いていません」

こんなに大事そうなことを生真面目なエリアスが伝え忘れるわけがない。再びやらかしてしまったのだろうかと、震える声でディアナが確認すると、ファルグは悪びれなく頷いた。

「まあ、ある意味私のせいだな」

「ある意味？」

「私の放った力に反応して現れただけだ」

それは確かにある意味かもしれない。

(でも、この構図、どこかで見た覚えが……。円に並んだ十二神獣の紋章に、あれは古語よね？）

以前どこかで見たはずだが、あまりにも目に映るものが信じがたく、いまいち頭が働かない。

若干混乱しつつ、ファルグの腕から抜け出したディアナは壁に近づこうとして再度腕を掴まれた。

「あまり近づくな。また瘴気が発生するかもしれないぞ」

「――……何か知っているんですか？」

「半身になったら教えてやる」

ファルグは意地の悪い笑みを浮かべてディアナの耳にそう吹き込んだ。ディアナが間近にある満月の双眸を疑わしげに見据えていると、慌ただしい足音が近づいてきた。

「ディアナ君！　今、瘴気が……。――何だ、あれは」

血相を変えてやって来たエリアスが思わずというように立ち止まった。その背後には光る書庫の壁を険しい表情で睨む人間姿のレイズルがいる。

「瘴気が発生して、ファルグが払ったら壁に光る文字と絵が現れたんです」

「瘴気が発生した？　それにあれは……」

不可解そうにエリアスがじっと壁を凝視すると、炎の火が消えるようにふっと文字と絵が消えた。

「エリアスさんもあれが何かご存じではないんですね」

「ああ。ああいったものがあるとなれば、ヨルゲン団長から知らされているはずだ。レイズルは何か知らないか？」

エリアスが自分の神獣を振り返ろうとすると、ファルグが白い炎と共に黒い狼姿へと戻った。

『――ディアナ、来るぞ』

「え？」

ほどなくして書庫内に怒鳴るような呼びかけが響いた。

「――エリアス、一緒に来てくれないか⁉」

ただならぬ様子に、エリアスと共に声の聞こえてきた方へと向かったディアナは、そこに息を切らして書庫を見回す神獣騎士の姿を見つけた。その腕には白黒の縞《しま》模様の蛇の神獣が絡みついている。エリアスの姿を認めると、神獣騎士は少しだけほっとした表情を浮かべた。

「王家の森に瘴気が発生したんだ。瘴気の量が多くて、魔獣も何匹も目撃されている。狩人も向かったが、人手が足りない。あの量の瘴気が王都にまで来たら、大変なことになる」

王家の森は王都のすぐ傍に広がる王族直轄の森だ。狩り場にもなっていて、緑豊かだが、これまでに瘴気が発生したという話は聞いたことがない。

『やっぱりまた出たか』

戸惑うディアナの足元でファルグが気になる言葉を呟く。

「また、って……。瘴気が出ることを予想していたんですか？」

『予想くらいつくだろう。ヨルゲンが言っていたじゃないか。あちこちで瘴気が突然発生すると。今回もそうなんじゃないのか？　ああ、でも今回は魔獣も出ているのか』

ファルグの言い分は理解できるが何となく違和感を覚えたディアアナをよそに、エリアスが駆け込んできた神獣騎士へ険しいながらも冷静な表情を向けた。

「団長は……確か城で祝祭の打ち合わせか。副団長は……」

「副団長は郊外の湖に瘴気払いに行っている。強い神獣が少ないんだ」

「わかった。緊急事態だ。僕も出よう。ディアナ君、団長が戻ってくるまで貴女は連絡係として執務室で待機していてほしい。何かあればファルグを寄こしてくれれば大丈夫だ」

「はい、わかりました」

表情を引き締めて頷いたディアアナは、書庫を出ていくエリアスたちに続いて外へ出た。詰め所内には騒がしく落ち着かない雰囲気が漂っている。

処分中の神獣騎士までもが呼ばれるほど手が足りないというのに、何もできないことをディアナが歯がゆく思っていると、ファルグがディアアナの足を尾で叩いた。

『きみも行きたいのか？』

「わたしの仕事は神殿に残って、連絡係をすることです」

言い聞かせるように毅然《きぜん》と言い放つ。ここで行きたいと言ってしまえば、この前の王都爆走事件と同じように連れていかれてしまうかもしれない。

しかしながら、そんなディアナの思惑とは裏腹に、ファルグが喉の奥で笑った。

『行きたい、というのが顔に出ているぞ。父親を見返したいんだろう？　連れていってやる』

「――そんなことは」

ない、と言いかけたディアナの腰のベルトを素早く後ろに回ったファルグがくわえた。そのままぐっと後ろに引っ張られる。

「………っ⁉」

均衡を崩して尻もちをつきかけたディアナの下に潜り込むようにして背中に受け止めたファルグが、そのまま走り出す。その方角は明らかに執務室の方ではなく、神殿の門の方だ。

（あああっ、また勝手に……っ！）

振り落とされまいと、ディアナはきつくその首にしがみついた。

「――っレイズル、止めろ！」

焦りを帯びたエリアスの命令に、赤毛の馬の姿となったレイズルがファルグの前に回り込む。それでもファルグは器用にその足元をすり抜けて、あっという間に門へと辿《たど》り着き、ディアナを乗せたまま外へと駆け出してしまった。

＊＊＊

胸の悪くなるようなすえた臭いに、ディアナは吐き気をこらえるように何度も唾を飲み込んだ。

ファルグの背に乗せられたまま辿り着いた王家の森は、昼間だというのにまるで夕暮れのように薄暗い。獣の声がそこかしこから響いてくるが、魔獣なのか神獣なのか判断がつかなかった。

（瘴気の量がすごいけど、まだ大丈夫そう……。少し、瘴気耐性が高くなったのかしら）

前回から十日も経っていないが、それでも少しは瘴気耐性がついてきているような気がする。いくらこの前とは違い瘴気を払う彩光石のブローチをつけているとはいえ、この量の中気を失わないでいられるのがその証拠だ。

速度を緩めたファルグの背中から下りたディアナは、ぐるりと辺りを見回した。見た限り、神獣騎士や神獣の姿は見えない。

『瘴気が濃いのはあっちだな』

どことなく歓喜の響きが滲《にじ》むファルグの声を耳にし、ディアナは慌ててその前に立ちはだかった。

「ファルグ、帰りましょう。今はまだ耐えられますけれども、あまり長くいるとこの前みたいに倒れます。また迷惑をかけてしまいますから」

『今立てているなら、まだいけるだろう。倒れたら連れ帰ってやる。きみの為に連れてきてやったんだ。これだけの量を片付けてしまえば称賛されるぞ。父親が喜ぶんじゃないか？』

ディアナの弱いところを突いてくるファルグに、一瞬押し黙ってしまったが、それでも譲れないとばかりにその場を動かなかった。

「わたしの為なら、指示通り神殿で待機してくれた方が助かります。それがわからないあなたではありませんよね？」

勝手に神殿を出てしまったことで、さらに謹慎期間が延びてしまうかもしれない。それがわからないわけがない。

「何か、理由があるんじゃないですか？　ただ退屈なだけで、こんな騒ぎを起こすとは思えません」

じっとファルグを見据えると、黒狼は満月の双眸で見返してきたが、いくらも経たないうちにすっと目を細めて喉の奥で笑った。

『きみは案外考えているな。そうだな……神獣の本能、とでも言っておくか。瘴気が出たら行かずにはいられなくなる。そういうことだ』

ディアナは眉を顰め、内心で首を傾げた。

（そんな話は聞いたことがないわ。他の神獣の方々だって、飛び出しはしないし……。でももし本当だとしたら、ファルグは本能が強いってことになるわよね？）

このまま本能に身を任せ続けるとなれば、かなり困る。

「お、抑えることは……」

『まあ……しばらくすれば、落ち着くんじゃないか？　いつになるかわからないがな』

爛々《らんらん》と輝く満月の双眸は神殿内では見ない。明らかに高揚しているのだ。

気が遠くなりかけ、ディアナは静かに額を押さえた。

（説得は無理そう……。ああもう、それなら）

覚悟を決めたディアナはぐっと腹に力を込めた。

「――わかりました。それなら、わたしが倒れないうちに瘴気を払ってください」

『止めるのは諦《あきら》めたのか』

「もうここまできてしまったら、怒られるのは一緒です。だったら、あなたの言う通り全部瘴気を払ってしまったほうがまだましです。できますか？」

真っ直ぐに見据えると、ファルグは実に楽しげに笑った。

『できるさ。ディアナ、きみが耐えられるのならな』

ファルグが空に向かって大きく吠える。するとそれに呼応するように濁った獣の声が響き渡った。ぐらりと眩暈が起こる。

（すごい声……。神獣の声じゃなさそう。魔獣かもしれないわね）

耳を押さえても聞こえてくる獣の声に、ぞわりと悪寒が走る。

『行くぞ』

尾を一振りしたファルグの先導で歩き出す。一歩一歩進むごとに、嫌な気配は濃くなった。同時に足も重たくなる。歩みがどうしても遅くなってしまうが、ファルグはこちらを振り返ることなくさっさと歩いていってしまう。

(見失わないようにしないと……)

濃い瘴気の霧が漂う森の中を、じっと目を凝らして必死にファルグの尾を追う。

ふと、その耳が誰かの呻《うめ》き声を拾った。

はっとして振り返ったディアナは静かに息をのんだ。茶色の髪の女性が倒れていたのだ。ディアナと同じ神獣騎士の制服を身に着けている。おそらく先行していた神獣騎士の一人だろう。

「待ってくださいファルグ！　人が倒れているんです」

神獣騎士の傍らに膝をつき、その肩に手をかける。

「大丈夫ですか!?」

ディアナの呼びかけに神獣騎士は薄く目を開けたが、すぐに閉ざしてしまう。その腕は折れているのか、あらぬ方向に曲がっていた。

(魔獣に襲われた？　この方の神獣は……)

瘴気が濃すぎて神獣とはぐれてしまったのだろうか。周囲を見回そうとすると、すぐ傍にやってきたファルグが何かをぼとりと落とした。少し驚いてよく見ると、黄色いウサギの神獣だった。意識を失っているのか、ぐったりとしている。

「この方の神獣ですか？」

ファルグが煩わしそうにぶるりと首を振った。

『そうらしいな。こいつ、自分の手に余る瘴気に突っ込んだようだぞ。馬鹿だな』

「そんなことを言わないでください。主を守る為じゃないですか」

『――どうだかな』

ファルグが呆れた視線をウサギ神獣と神獣騎士に向けた時、再び魔獣の咆哮《ほうこう》が響き渡った。鼓膜を震わせるその声はさほど離れてはいない。

「――っ!!」

心臓をわしづかみにされたような恐怖が襲い、体が強張る。ディアナはとっさに身を竦めて頭を抱え込んだ。

『来たな』

期待に満ちたファルグの声が耳に届く。勢いよく何かが迫ってくる気配を感じた。はっとして右の森の奥を振り返ったディアナの見たものは、【夜】だった。

「え……」

獣の姿をしているわけでもなく所々ちかちかと星のように瞬く闇《やみ》は、まさに【夜】そのものとしか思えない。美しいのに、立ち竦んでしまうほどおぞましい。そんな不思議な感情に支配される。周囲の木を音もなくのみ込んでいく様は、その跡がどうなっているのかと思うと恐ろしくなる。

(――息が、できない……っ)

先ほどとは比較にならないほどの息苦しさと眩暈を覚え、ぐっと唇を引き結ぶ。

『ディアナ、きみは本当に最高の契約者だ』

なぜかディアナを称賛したファルグが舌舐めずりをする。黄金の獣の瞳が愉悦に輝き、渦を巻くように青い炎がその周囲に現れた。それに対抗するかのように頭上に【夜】が暗幕のように大きく広がる。魔獣の咆哮が聴覚を支配した。

『どいてろ』

青い炎を纏うファルグの忠告を受けるまでもなく、ディアナは覚束《おぼつか》ない足取りでそろそろと後ずさった。ふと、かすむ視界に倒れたままの神獣騎士とウサギの神獣が映る。

(あのままじゃ……)

ディアナはとっさに【夜】にのみ込まれかける彼らの前へと飛び出した。半ば倒れ込むように彼らの上に覆い被さる。

――ウォオオオ

――グガァアアア

ファルグの咆哮と魔獣の咆哮が交錯するのが耳に届いたのが最後だった。

「――っ！」

どん、とディアナの全てを押し潰してしまうような圧力がかかったのとほぼ同時に、ぷつりと糸が切れたようにディアナの視界は暗転した。

＊＊＊

瘴気を焼き尽くした青白い炎が消え去ると、つい先ほどまで夕暮れのように薄暗かった王家の森は、爽《さわ》やかな風が通り抜け、木々の間隙《かんげき》から日差しが差し込む生気に満ちた森の姿を取り戻した。

瘴気が跡形もなく消えているのを満足気に確かめたファルグは、ふと茶色の髪の神獣騎士とその神獣の上に覆いかぶさったまま微動だにしないディアナを見つけ、呆れたように嘆息した。

(他の神獣騎士なんか放っておけばいいだろうに)

少しは瘴気耐性が上がったとはいえ、まだまだだというのに他人を庇《かば》うのが理解できない。

ファルグは人間の姿に変化すると、気を失ったディアナを起こそうとその肩に手をかけた。

「おい、帰るぞ」

神獣騎士の上から転がし、仰向けさせたその顔色は青白い。契約をしたあの夜の王宮の庭で見た、今にも死にそうな顔色とよく似ていた。ふと、以前とは違うことに気付く。

(息が、細い?)

つい先ほどまでは息苦しそうにしていたが、それでも何とか立っていたはずだ。

ファルグが考え込んでいると、傍に転がっていた薄黄色のウサギの神獣が耳を震わせたかと思うと、ぱっと飛び起きた。ファルグと目が合うと、大きく身を震わせる。

『えっ、ファルグ!? こ、殺さないで!』

悲鳴にも似た声を上げたウサギの神獣はくるりと宙返りをすると、瞬く間に黄色い髪の少年の姿になった。そうして意識を取り戻さない主を横抱きにすると、泡を食ったように逃げ去っていく。

「誰がそんな面倒なことをするか」

少なくとも、神獣を殺してまで主を奪ったことはない。

自分が助かった理由を深く考えもせずに逃げて行った恩知らずのウサギの神獣を見送るまでもなく、ファルグは横たわったままのディアナの側にしゃがみ込んだ。

「ディアナ、起きろ」

軽く頬を叩いてみたが、それでも起きる気配は微塵もない。呻き声一つ上げないほど深く眠り込んでいる様子は少しおかしい。

(彩光石は……あるな。瘴気を立て続けに浴びたせいか？)

しっかりと襟元に留められたディアナの瞳と同じ薄桃色の彩光石を見て、眉を顰める。

前回瘴気を浴びて倒れた時からほんの数日だ。ディアナの瘴気耐性の低さだと体に負担がかかりすぎたのかもしれない。

身じろぎもせずに眠る主兼、半身候補の娘を見てふと思った。

(この娘……あまり連れ回すと、死ぬんじゃないか？)

あまりにも静かに眠るディアナに、初めてそんな思いが浮かんだ。

これまで契約した人間は、ディアナとは比べようもないほど瘴気耐性が高かった。いくら契約に体が慣れていないとはいえ、こんなことなど一度もなかったのだ。

それに気付いた途端、胸元が締め付けられるような痛みを訴えた。

青白い顔で昏々《こんこん》と眠るディアナは、儚《はかな》げな容姿のせいで消えてなくなってしまいそうな錯覚に陥る。

(半身にするかどうか、しばらく見極めるつもりだったんだがな)

そんなことをしていては、ディアナはほんの少しの不注意で他の人間よりも死ぬ確率が高いのだというのが、今更思い知らされた。

まるで誘うように鼻先を半身を示すリラの香りがくすぐる。

自分がこのまま契約を切ってしまえば、ディアナは対価を取らずとも近いうちに命を失うだろう。それは酷《ひど》く惜しい気がした。

(惜しい、か。――私は思っていたよりもこの娘が気に入っていたのか)

ファルグという強い神獣の主になったというのに驕《おご》ることなく、怯《おび》えることなく、むしろ普通に怒る。そして感謝するのだ。この悪評まみれの自分に。それは存外悪い気分ではなかった。

神獣や魔獣のことになると目の色を変えて聞きまくろうとする姿を思い出し、思わず笑いがこみ上げる。ディアナという人間をもう少し知りたくなってしまう。ディアナに半身のことなら何でも知りたくなると一般的な神獣の例を教えたが、まさにその通りだ。

青白い顔をして眠るディアナの頬を指先でなぞる。柔らかな感触と温かさを感じ、生きているということに妙に安堵している自分に、少しだけ戸惑った。

「お人よしのきみのせいだな」

自分の身勝手さは棚に上げ、そう呟いたファルグはディアナを肩に担ぎ上げると、人々の声や神獣たちの気配で騒がしくなってきた森から足早に立ち去った。

＊＊＊

気付くと、周囲は真っ白な霧に包まれていた。ディアナは一人、どこまでも続くかと思われる白い迷宮を出口を求めてひた走っていた。

(どこ、ここ……。ファルグ、は……？)

足元に纏わりつく霧に苦戦しつつも走るのをやめられずにいると、ふと前方に人影が見えた。ほっとしたのも束《つか》の間、徐々にそれが誰なのか気付いたディアナはそろそろと速度を落とし、やがて足を止めた。

そこにいたのは、神殿の狩人が纏う藍《あい》色のチュニックと灰色の外套《がいとう》を身に着けた怜悧《れいり》な面立ちの中年の偉丈夫だった。こちらを見据える目は短く刈り込んだ髪と同じ赤味の強い茶色だ。ただ、その双眸に浮かんだ感情は全くの無だった。

(……お父様)

弱い魔獣ならば一撃で討伐してしまう彩光石があしらわれた槍《やり》を手にした父は、ディアナを見据えたまま一言も発することなく、こちらに背を向けた。

ああそうだ。いつもいつも父はそうだ。ディアナにひとかけらも興味を示さず、寝込んでいても声をかけることも、ましてや笑いかけることもない。

悲しいのか腹立たしいのかわからないままに、ぐっと拳を握りしめる。

（わたし、お母様と同じ神獣騎士になったの。もうハーヴィストの恥にはならないわ。だから――）

「――――っ！」

声にならない叫びを上げてディアナはぱっと目を開けた。そうして視界に飛び込んできたのは、漆喰《しっくい》で白く塗られた天井だった。

（夢……）

ディアナが神獣騎士になって一月以上経っている。今更、連絡ひとつよこさない父の夢を見るとは思わなかった。ファルグに父の話をしたせいだろうか。

うなされていたのだろう。荒い息を整えるように大きく深呼吸をしたディアナはようやく室内を見回した。寝台とサイドテーブルだけがある簡素な部屋だ。寮の自室ではない。

（少し、薬臭い？　神殿の施療院かしら。ファルグに王家の森に連れていかれて……。瘴気はどうなったの？　倒れていた神獣騎士の方は……）

倒れていた神獣騎士たちを庇ってからの記憶がないが、おそらく意識を飛ばしたのだろう。

状況を把握しようとゆっくり起き上がったディアナは、その途端にばらばらと掛け布の上から床に落ちていった物を見て、ぎょっと目を見開いた。

（彩光石？　え、なんでこんなに沢山あるの!?）

青に赤に緑に黄色。あらゆる色の彩光石がディアナの周りや体の上に花びらが撒《ま》かれたように置かれていた。あまりにも異常な光景に、口をぽかんと開けてしまう。

（あ、これ……わたしが家に置いてきた指輪だわ。誰が持ってきたの？）

装飾品に仕立てられていない原石の他に、ディアナが夜会で身に着けていた耳飾りや首飾りもある。他にも腕輪やアンクレットなど、神殿に持ってこられずハーヴィストの屋敷に置いてきた物だ。

わけがわからずしばらく呆然《ぼうぜん》としていたが、俄《にわ》かに扉の外が騒がしくなったことにはっと顔をそちらに向けた。

「――待ちなさい、ファルグ。今後勝手に行動するのならば、ディアナさんと貴方は幽閉されかねませんよ。飢えたくはないでしょう」

聞こえてきたのは、ヨルゲンの声だった。

（幽閉に……飢える!?　え、待って、どういうこと……）

何の話をしているのかよくわからず、ディアナは大きく息をのんだ。

「飢える、なあ……。お前、それで脅しているつもりか？」

続けて響いたファルグの嘲笑《あざわら》う声に、慌てて寝台から下りようとして体がうまく動かせず、そのまま掛け布を巻き込んでつんのめるように落ちた。

「——っ!! 痛……」

落ちた音が外まで聞こえたのか、ふいに勢いよく扉が開いた。

「——ディアナ、起きたのか」

驚いたような、どことなくほっとしたような表情で飛び込んできたのは、人間姿のファルグだった。その向こうには、肩に白梟の神獣クヴィを乗せたヨルゲンが安堵の表情を浮かべているのが見える。

「よかった……。ようやく目が覚めたのですね。クヴィ、医師を呼んできてください」

『おうよ!』

勢いよく返事をしたクヴィが廊下を飛んでいく。また迷惑をかけてしまったと後ろめたく思っていると、ファルグが嘆息をした。

「きみ……寝すぎだろう」

不機嫌そうな言い方だったが、その唇には柔らかな笑みが浮かんでいる。珍しい表情にディアナは首を傾げた。

「わたしはどのくらい眠っていましたか?」

「三日だ。森から連れ帰ってからずっと眠っていたんだぞ」

ディアナは大きく目を見開いた。どうりで体を動かそうとしても凝り固まってしまって、ぅまく動かせないわけだ。

「瘴気と、あのウサギの神獣とその主の方はどうなりました？」

「瘴気は消した。ウサギは主を連れて逃げていったぞ」

近づいてきたファルグは床に座り込んだままのディアナの傍にやってくると、抱き上げて寝台の上に乗せてくれた。その際、寝台に振り撒かれていた彩光石がいくつか落ちていく。

「これ、まさかファルグが持ってきたんですか？　装飾品はわたしの物ですけれども、原石の方は見覚えがありません」

「全部きみの住んでいた屋敷から持ってきた物だぞ。瘴気が抜けてもなかなか起きなかったからな。使い慣れた彩光石を持ってくれば起きるかと思っただけだ」

ディアナが困惑していると、気を使ってくれているのか戸口に佇んでいたヨルゲンが困ったような笑みを浮かべた。

「ディアナさん、ファルグの言っていることは本当ですよ。ハーヴィストの屋敷の壁の中や床下に細工されていた彩光石を持ってきてしまったようなのです。執事の方から酷い有り様だと抗議がきました」

「え？　そんな場所に彩光石があったんですか？」

「ご存じなかったのですか？」

そんなことは知らない。ディアナが所持している彩光石以外は全く見たことも聞いたこともない。

（あるなら、誰かが教えてくれたはずよね……。どうして知らされていないの？）

ディアナが疑問を覚えていると、膝の上にファルグがぽとりと金色の彩光石を落とした。それにはっと我に返る。

「結果として起きたんだから、些細《ささい》なことじゃないか。なあ？」

彩光石を端に寄せ隣に座ったファルグに同意を求められ、ディアナは呆れて首を横に振った。

「些細なことじゃないです……」

そうこうしているうちに医師を呼んできたクヴィが戻ってきた。

少し強面《こわもて》の初老の医師は優しい笑みを浮かべて診察すると、問題はないが二、三日は療養するようにと指示し、すぐに退室していった。

「三日も寝ていたのに、まだ休まないといけないなんて……」

頭ははっきりしているのに、体がついていかないというのが歯がゆい。

「仕方がないじゃないか。寝台から転がり落ちるくらい弱っているんだぞ」

肩を落としていたディアナは、寝台から転がり落ちた理由を思い出し、急いで顔を上げた。

「そういえば……、わたしたちは幽閉されるんですか？」

ファルグが片眉を上げた。ヨルゲンは笑みを消し、クヴィが目をぱちりと瞬く。沈黙してしまった一人と二匹に、ディアナは顔を強張らせた。

「本当にそんな話が出ているんですか？　う、飢えさせようなんて……」

「飢えるのはきみじゃない。私だ」

食事も出されずに餓死する姿を想像して青ざめていると、ファルグが呆れたように口を挟んできた。

「え、でも、神獣は光と水さえあれば食事は必要ないですよね？　あなたが食べているところも見たことがありませんし、飢えるとは思えません」

「――そうだな。人間の食べ物は嗜好品《しこうひん》か薬だ」

珍しく肯定したファルグの言う通り、主に付き合って食事をしたり、怪我《けが》の治りを早める為に食べる、ということがあるのは知っている。ただ、言い方に引っかかりを覚えた。

「人間の食べ物は……？　――ファルグ、あなたは……神獣は他に何か食べるんですか？」

どことなく不穏な気配に恐る恐る尋ねると、ファルグはにやりと笑った。

「知りたいか？」

「も、もったいぶらないで教えてください」

自分の膝に頬杖をついてこちらを見上げてくるファルグの表情は、得体が知れない獣のようだ。追いつめられたような気分にごくりと喉を鳴らす。

「瘴気だ。瘴気を食らって己の力としている。食えば食うほど格が上がって強くなる。私たち神獣はそういう生き物だ。人間は瘴気を払って消していると勘違いしているがな」

案外あっさりと告げられ、ディアナは唖然とした。

（そういえば……屋敷にいた頃、夜はいなかったわよね。あれはもしかして、瘴気を食べに行っていたの？　たしか居心地も悪かったとか言っていて……）

彩光石は瘴気を払う。ハーヴィストの屋敷が彩光石だらけだったというのなら、瘴気は少なかったはずだ。彩光石を嫌う神獣がいるのは、そういう理由だったのだろう。

「でも、それは隠すようなことですか？　知られて困ることではありませんよね」

「困るさ。きみたち神獣の契約者は、瘴気を集める体質の人間だからな」

「…………え？」

俄かには信じがたく、ディアナは瞠目《どうもく》したままヨルゲンへと目を向けた。すると神獣騎士団長は真顔で一つ嘆息すると、開いていた扉をそっと閉めた。そうしてディアナを見据えてくる。

「ええ、そうです。ファルグの言う通り、私たち契約者は瘴気を集めてしまう体質の人間です」

『神獣騎士だって、ほとんどの奴《やつ》が一生知らねえまま死ぬもんなぁ』

にこりともせずに告げるヨルゲンの肩で、クヴィが憐れみの混じった嘆息をする。

知らされたことのあまりの大きさにディアナが固まってしまっていると、その手をファルグが取った。

「瘴気を集めてしまう人間なんか蔑まれ、疎まれて当然だ。下手《へた》をすれば殺されかねない。できるだけ真実は隠しておいた方がいいだろう？」

　軽く握り込まれた掌を開かされて、甘噛みされる。よく噛みつくのはファルグにとってディアナは食べ物の塊に見えるからなのかもしれない。

「きみの集める瘴気は大量で、しかも美味い。何度契約者を乗り換えても飢餓感が消えなかった私に、今までにない満足感を与えてくれる。そう簡単に契約を切るわけがないだろう」

　言葉の通り満足気な表情を見て、ディアナは探るようにファルグを見返した。

「もしかして、あなたが言っていた神獣の本能というのは……食欲、ってことですか？」

「ああ、そうだとも。しばらく契約していなかったからな。なおさら腹が減って仕方がなかった。私の体に合う瘴気を集めてくれるとなれば、出かけずにはいられないだろう」

　身もふたもない言い方だが、がっかりするというよりも腑《ふ》に落ちた。

（そうすると……わたしを半身にしたいのも、ファルグ好みの瘴気を集めるからなのね）

　ファルグが瘴気耐性の低いディアナとなぜ契約をしたのか、という残りの疑問の回答を聞かされ、ディアナはすとんと納得をした。

「なんだか神獣の契約者は……勝手に中身が集まって自分で歩いてくれる食料庫みたいなものですね。建物の強度が弱ければ、壊れたり漏れたりしますし」

「ディアナさん……貴女という方は……」

「ははは、食料庫とはな。人間扱いをしなくてもいいのか」

思わずこぼれ出た言葉にヨルゲンは頭痛を覚えたのか額を押さえ、ファルグが声を上げて笑い出した。

「そこはしてもらわないと死にかけます。ですから、せっせと瘴気を食べてわたしが倒れないようにしてください。そうすればファルグも美味《おい》しいご飯がいつでも食べられますし、瘴気が消えますから沢山の方の為になります。いいことずくめだと思います」

いたって真面目にそう告げると、ファルグはさらに腹を抱えて笑った。

「そうか。いいことずくめか。私はきみがどこまで瘴気に耐えられるか試していたんだがな。――わざわざきみが大切にしているブローチまで盗んで」

「あれはあなたの仕業だったんですか!? どこも壊れていないのに、落としたのが不思議だったんです」

思わず襟元に手をやると、誰かが止めてくれたのか寝間着の胸元に薄桃色の彩光石のブローチがつけられていて、ほっとする。するとクヴィが羽をばたつかせて騒ぎ出した。

『いやいやいや、それ、一歩間違ったら死んでるぞ!?』

「そうですよね。あの時は困りました」

『困ったで済む問題かよ……。普通、怖がるか怒るかするだろ』

天を仰ぐクヴィの羽を、ヨルゲンが宥めるように撫でる。その表情は困惑気味だ。主従が戸惑う中、肩を揺らしてファルグが笑い出す。

「やっぱりお人よしだな。……なあ――それでもきみは私に感謝しているなんて、言えるのか」

ファルグがすっとこちらを見下ろしてくる。軽く握り込まれた手にわずかに力がこもった。

珍しく真剣な表情を真っ直ぐに見返したディアナは少し間を置き、小さく笑みを浮かべた。

「言えます。あなたが契約してくれなかったら、わたしはあまり長く生きられなかったと思います。苦しい思いはさせられましたけれども、生まれて初めて瘴気を気にしないでどこへでも好きな場所へ行ける自由を貰えたんです。この幸運は絶対に手放したくはありません」

瘴気を集めてしまってもファルグが食べてくれるのなら、例え最期に対価が取られてしまって何も残らなかったとしても、苦痛なく一生を過ごせるのだから。

「ただ、ブローチを盗むことはもう二度としないでください」

「ああ、しない。また寝込まれても困るからな」

軽く睨んで釘《くぎ》を刺すと、ファルグは掴んだままのディアナの手に頬を摺《す》り寄せた。目を軽く伏せたその表情は、つい先ほどディアナが目覚めた時に見た柔らかな表情と同じだ。

（本当に反省しているのかしら……）

失礼ながらそう簡単に反省するとは思えず窺っていると、満月の双眸が開いた。

「――まあ、せいぜい私を退屈させないように、飼いならしてみるんだな。きみの命が失われないようにするのは、刺激があって面白そうだ」

自分で色々とやらかしたというのに、悪びれもせずににやりと笑うファルグに呆れてしまう。

この分だと、他にも瘴気を集められるように何かしらやっていそうだ。

ディアナは嘆息しファルグの顔をぐいと押しやって手を引き抜くと、複雑な表情を浮かべているヨルゲンに向き合った。

「幽閉するのは待っていただけませんでしょうか。もう一度だけ機会をください。お願いします」

頭を下げようとすると、それよりも早くヨルゲンが妙に清々しく微笑《ほほえ》んだ。

「幽閉は可能性の話です。このまま大人しくしていれば大丈夫ですよ。王家の森の瘴気をほとんどファルグ一匹で消してしまいましたからね。それほど強い神獣を閉じ込めるのはもったいないかと」

「…………」

ディアナは絶句し、ファルグの方を見た。

「なんだ」

「そんなにお腹が空いていたんですか？」

「……きみ、気になるのはそこなのか？　空腹だったのは間違いないが、ここは私の力の凄《すさ》まじさに驚いて恐れ戦《おのの》くところだろう」

大分ずれた質問をしてしまったらしいが、そこで自分を称《たた》えるファルグもファルグだ。

互いに呆れ返っていると、ヨルゲンがこほんと咳《せき》ばらいをした。

「とはいえ、さすがに次はもう庇えませんので、覚悟しておいてください」

「――はい。色々と申し訳ありません」

「仕方ないな、大人しくしていてやるか」

神妙に頷くディアナの横で、ファルグがひょいと肩を竦める。その言動はやはり反省の色が見えない。

「では、私はこれで。しっかり療養してくださいね。――ああ、それと、エリアスですが」

いつもと同じ笑みを浮かべたヨルゲンが退出しようとして、ふと振り返った。

エリアスの名に、後ろめたさに顔が強張る。そんなディアナを安心させるようにヨルゲンがやんわりと笑った。

「続けて書庫の整理をしていますので、貴女が目覚めたことを伝えておきますね。心配をしていましたから」

「――っありがとうございます」

どうやら今回のことでさらなる処罰はなかったようだ。

ヨルゲンたちがいなくなると、ディアナは長々と息を吐いた。

「退院の許可が出たら、エリアスさんたちにまた謝らないと駄目ですね」

「別に謝らなくてもいいんじゃないか。私を足止めできなかったのはただの力不足だ。そう何度も謝るのは嫌味だぞ」

「そんなことはありませんよ。わたしよりも沢山書庫の仕事をさせてしまって……。あっ！」

「今度はなんだ」

「ヨルゲン団長に書庫の光る絵と文字のことを報告するのを忘れました！」

王家の森へ行く直前に見た書庫の不可思議な現象を思い出し、慌てて立ち上がった。しかしながら、その腕をファルグに掴まれて寝台に逆戻りしてしまう。

「何をするんですか。早く行かないと――」

「そんなに急がなくても、あの場にはエリアスがいたじゃないか」

「……あ、そうでした。エリアスさんから報告が上がっていますよね」

言われてみればそうだ。エリアスもあの光る文字と絵を見ているはずだ。ただ、ふと引っかかりを覚える。

「でも、報告が上がっていたら、ヨルゲン団長はわたしにも確認しますよね？」

「まあ、よほどの馬鹿じゃないなら、そうだろうな」

「馬鹿は余計です。……それだと、報告が届いていない、ってことになりませんか」

よくわからなくなってきたディアナが首を傾げると、ファルグはにやりと口端を持ち上げた。

「報告を握り潰《つぶ》した可能性もあるぞ。あれはそういうものだ。何も言われないなら、黙っていた方がいい」

「……そんなに知ったら危ないことなんですか？　ファルグはあれが何か知っているんですよ

ね？」

　神獣騎士の事実を喋《しゃべ》ったのだから、口が軽くなっていないだろうかと期待の目を向ける。するとファルグはうっすらと笑った。

「――あの向こうにとんでもなく大切な物があるんだ」

　ふざけているような調子に、ディアナは胡乱な目を向けた。

「わたしをからかっているわけじゃありませんよね」

「からかってなんかいないが、まあ、そのうちヨルゲンたちが何か言ってくるだろう。その時話してやる。今はきみのせいで眠くて仕方がない」

　くわぁ、と大欠伸をして伸びをしたファルグは、ふっと白い炎を吐くと黒い狼の姿に戻った。そのまま寝台の上に伏せるとディアナの膝に顎を乗せてくる。

「えっ、ちょ、ちょっと枕にしないでください」

『少し我慢しろ。きみは触れていないといつ瘴気を引き寄せて死にかけるかわからないからな』

「やたらとくっついて寝ていたのは、そういうことだったんですか!?」

　本当に知りたいことはすぐに教えてくれないのに、思わぬところで事実を明かさないでほしい。心臓が持たない。

『――暇だったらそれでも読んでいればいい』

「それ？　……あ、お母様の冊子！」

ファルグに鼻先で枕の方を示されたディアナは、そこに母の形見の冊子が置かれていたことに気付いて軽く目を見開いた。その間にもさっさと眠ってしまったファルグに唖然とする。

(もう寝てる……。まさかわたしが起きるまでずっと起きていたわけじゃないわよね？　そうだとしたら……。ちゃんとわたしを主だって認めているの？)

穏やかな寝息を立て始めたファルグは、少し触ったくらいでは起きなさそうだ。湧き上がった悪戯心に三角の耳をつついてみると、煩わし気に頭を振られたので慌てて手を引っ込める。それでも起きなかったのは、さすがのファルグも疲れたのかもしれない。

気を取り直したディアナは母の冊子に手を伸ばした。

(どうしてファルグはこれを持ってきたの？　それにわざわざ読んでいればいい、なんて……)

ディアナにとっては宝物でも、命に関わるようなものではないというのに。

何気なくぱらぱらとページをめくっていたディアナは、ふと手を止めた。脳裏に何かが引っかかったのだ。

(待って……。——思い出した)

素早く手を動かし、目的のページを開いたディアナは食い入るようにそれを見つめた。

「これだわ……」

どこかで見た覚えがあったわけだ。今まで頭から抜け落ちていたのが不思議でならない。

母の残した冊子の中に、書庫の壁にあった物と同じ十二神獣の絵と古語が走り書きをしたかのように少しかすれた線で描かれていた。

「貴女《あなた》とファルグのおかげで助かったのに、私の神獣は倒れている貴女を残して逃げ帰ったと聞いたわ。謝って済む問題ではないけれども、謝らせて」

療養が明け、ディアナがエリアスを探して昼時の食堂に姿を現すと、王家の森で倒れていた女性神獣騎士とその神獣が駆け寄って来るなり、土下座する勢いで謝罪してきた。

（し、視線が痛い……）

ディアナと足元にいる黒い狼《おおかみ》姿のファルグに向けられる周囲の視線からは、緊張と恐れが感じ取れる。おそらく王家の森の件が知れ渡っているのだろう。

「謝らないでください。わたしたちが王家の森に行ったこと自体が命令違反なんです。責めることなんてできません。どうか顔を上げてください」

片腕を骨折しているらしく布で吊《つ》っている女性神獣騎士の姿に、さすがにいたたまれない。

ディアナが顔を上げさせようとしていると、ファルグが唸《うな》り出した。

『恩知らずのウサギがようやく謝りに来たと思えば、主《あるじ》に任せてお前は一言もなしか。——そういえばウサギ肉は美味だったなあ。ディアナにも食わせてやるか』

威圧感たっぷりにウサギの神獣を睥睨《へいげい》したファルグが青い炎を吐いたかと思うと、ウサギの神獣に首環《くびわ》のように炎が巻き付いた。

『ひっ、ご、ごめんなさい、ごめんなさい！　食べないで！』

ウサギの神獣がこれでもかと体を震わせ、悲鳴じみた謝罪を叫ぶ。ディアナは慌ててファルグの首をむんずと掴《つか》んだ。

その遠慮ない様子に、固唾《かたず》をのんで見守っていた周囲の人々が狼狽《ろうばい》したように騒《ざわ》めいた。

「火を消してください。それに神獣の肉を食べさせるなんて、不敬なことをさせないでください」

『――まあ、腹を壊されても困るしな』

ファルグが肩を竦《すく》めて炎を消すと、ウサギの神獣は白目をむいて倒れてしまった。血相を変えた女性神獣騎士が掻《か》き抱くようにその体を抱き上げる。恐怖に引きつった表情を浮かべてもう一度「本当にごめんなさい」と謝罪の言葉を口にすると、彼女はディアナがファルグの所業を謝るよりも早く、逃げるように食堂から去っていってしまった。

彼らが去ると、ひそひそとあちらこちらから声が聞こえてくる。

「ファルグが大人《おとな》しく主の言うことを聞いたぞ。主を瘴気《しょうき》に放り込んだんじゃないのか」

「今は大人しくしていても、あんなか弱い娘が主では、すぐに牙《きば》をむくかもしれない。とばっちりで神殿を焼き尽くされかねないぞ」

「本当にファルグは神獣を食べたのかしら……」

ディアナが周囲を見回すと、慌てて目を逸《そ》らしたり、自分の神獣と共に去っていく神獣騎士もいて、思わず溜息《ためいき》が出た。

「……あんなことばかりしているから怖がられるんですよ」

『少し脅しただけじゃないか。きみが身を挺《てい》して庇《かば》ってやったのに礼の一つも言わないんだぞ』

「お礼を言われたくて庇ったわけではないです。つい体が動いてしまっただけなので……」

『瘴気に侵されるのはわかっていたのにか？』

「初めのうちは大丈夫だったので。ちょっと思惑が外れて意識がなくなりましたけれども……。でも、倒れても連れ帰る約束をしてくれていたじゃないですか」

ファルグが不可解そうにディアナを見上げてきた。

『……私が約束を破るとは思わなかったのか？』

「あなたが瘴気を払ってくれなかったことは一度もありませんでしたから。そこは信頼しています」

ディアナに対する扱いが雑なことはあっても、基本的に見捨てることはなかったのだ。

『――きみくらいだな。私を信頼している、などと言うおめでたい頭の人間は』

口調は乱暴でも悪い気はしないのか、ゆらゆらと機嫌よく揺れる尾につい笑ってしまう。

「何度だって言います。わたしはあなたがいるからここにいられるんです。感謝しないわけがありません」

ふん、とどこか照れているように鼻を鳴らしたファルグが妙に可愛《かわい》く見えて、その頭を撫《な》でる。ファルグがディアナに大人しく撫でられているのに周囲が息をのんだ時だった。

「ファルグに感謝するなんて、代々のファルグの主がどうなったのか知らないのか。あんなもの知らずが俺《おれ》と同じ神獣騎士なんて、虫唾《むしず》が走る」

唐突に耳に届いたあまりにもはっきりとした嫌悪の声に、ディアナは怒りや悲しみを覚えるよりも単純に驚いてそちらを見た。足元に緑の犬の神獣を控えさせた神獣騎士や神官といった数人が慌てるでもなく、こちらに向けていた視線を逸らす。しかしその言葉は止まらない。

「そんなことを言ったら可哀想《かわいそう》よ。母親の不貞でできた子らしいもの。ハーヴィスト辺境伯に見放されているのだから、常識を教えられていないのよ。さすが妖精《ようせい》の取り換え子だわ」

「ハーヴィスト伯もお可哀想だ」

嘲笑《ちょうしょう》じみた笑いが響き、ディアナは怒りをこらえるように拳《こぶし》を握りしめると、背を向けた。

『妖精の取り換え子？　あの、妖精が人間と自分の子を取り換える、とかいうあの迷信か？』

ファルグが不審げにこちらを見上げる気配に、苦笑いを返す。

「……わたし、父と全然似ていないんです。だからそんな風に言われてしまっていて。――言いたい方には言わせておけばいいんです。いちいち怒って言い返していたら、わたしのノミみたいな体力が減ります。わたしは母が不貞などしていないと信じていますから」

父がディアナを気にかけていないというのは、社交界では有名な話だった。そこから尾ひれがついた噂《うわさ》だ。

――ハーヴィスト辺境伯夫人が、夫の遠征中に不貞を働いた。だからハーヴィスト辺境伯の血を引かない娘は、瘴気耐性が低く病弱なのだ。

悔しいことは悔しいが、言い返せば噂を認めてしまうことになりそうで嫌だった。たまにしか出られない夜会でも、何も言わずに流すことを徹底していた。

『なるほど。それできみは余計に父親に疎まれていると思っているのか。――私と契約をしたもう一つの理由はそれか？』

「――……そうです。神獣騎士になって頑張っていれば母の悪い噂が消せると思って……」

ただ、こんな風に明かすつもりは全くなかったというのに。

立ち去ろうとするディアナの背後から、神獣騎士の声が追いかけるように聞こえてくる。

「神獣に契約を切られて死ぬような性悪な母親の娘だからな。その娘だって性悪に違いない。どうせすぐにファルグの逆鱗《げきりん》に触れるようなことをして、契約を切られるさ」

神獣に契約を切られるのは、地母神に見放されたことと同じだ。対価を取られても生き延びようものなら、一生後ろ指を指される。

（お母様は、性悪なんかじゃないわ）

ぐっとディアナが唇を噛《か》みしめた時、背後で何かが爆発したような音がした。

「――うわっ、なっ、何が」

続いた叫び声に何事かと振り返ったディアナは、そのまま驚愕《きょうがく》に目を見開いた。

神獣騎士たちのテーブルの上で、おそらく彼らの昼食だったらしき物が消し炭になって散乱していたのだ。ついでに彼らの顔もまた煤《すす》で真っ黒だ。

『私の主を貶《けな》したというのに、それだけで済んだのをありがたく思え』

傍らの黒狼から上がった嘲笑《あざわら》う声に、ディアナはおそるおそるファルグを見下ろした。

「あなたがやったんですか？」

『ああ。少しは気が晴れたか？　きみは怒る体力がないと言っただろう。それなら代わりに私が怒ってやる』

上機嫌に尾を振るファルグに、ディアナは息をのんだ。

（わたしの為《ため》……。いやいやいやそれにしたって、駄目でしょう！）

ディアナの生死や体調に関わることでもなく、ファルグにも全く関係がないというのに気持ちを汲《く》んで怒ってくれたことに、一瞬嬉《うれ》しいと思ってしまったが、慌てて首を横に振った。

「晴れるわけがありません！　人間に向けて力を使わないでください」

『人間には使っていない。燃やしたのはテーブルの上の物だけだ。ちょっとした意趣返しじゃないか』

「そんな屁理屈《へりくつ》――」

「とうとうファルグが本性を現したぞ！」

煤を袖《そで》で拭《ぬぐ》った神獣騎士が怒鳴りつけてきた。

主の怒気に合わせるように、緑の犬の神獣の足元から風が巻き起こる。周囲には彼らと同様の反応をする神獣騎士が数人いたが、「おい巻き込むのはやめろ」「力の差がわからないのか」と止める人々や神獣の姿が大半だ。

『本性、なあ……。全く、弱い犬ほどきゃんきゃんと煩わしい。それ以上私たちにかまってくるのなら食事だけでなく――全て燃やすぞ』

どうすれば神獣騎士の怒りを収められるのかと思案するディアナをよそに、喉《のど》の奥で笑ったファルグの口元から、ちらちらと赤い炎が見え隠れし始める。

「――っ駄目ですからね。わたしは大丈夫ですから」

身を乗り出すファルグの鼻面にディアナが咄嗟《とっさ》に手を出すと、黒狼はふっと炎を消した。

『……きみがそう言うのなら、仕方がないな』

不満げに鼻を鳴らしたファルグは、そのままディアナの掌《てのひら》の紋章を舐《な》めた。

緊迫した空気が若干緩むのを感じながら、ディアナは緑の犬の神獣騎士を見据えた。

「わたしの神獣がお食事を燃やしてしまって、申し訳ありません」

「申し訳ありません、で済むと思っているのか？　これだから常識がない――」

「──常識がないのはどちらだろうか」

割り込んできた第三者の声に、緑の犬の神獣騎士は怒りの形相を向けたがその表情がみるみると焦りを帯びた。

「エ、エリアス様……」

「貴方《あなた》の方が先にディアナ君に暴言を吐いた、と見ていた人々から聞いた。主を貶されれば、普通の神獣なら怒るのは当然だ。根拠のない噂話や臆測でこれ以上ディアナ君を貶《おとし》めようとするのなら、僕は貴方の人間性を疑う」

落ち着いてはいるが非難が滲《にじ》む声で緑の犬の神獣騎士たちを諫《いさ》めるのは、人間姿のレイズルを従えたエリアスだった。

「で、ですがファルグは普通の神獣ではありません。大事になる前にどうにかしなければ、指導係を任されたエリアス様の経歴にも傷がつきます。御父君のカッセル公爵様もお怒りになられるでしょう」

「──……貴方は何か勘違いしていないだろうか。父は全く関係ない。貴方も神獣騎士なら生家を持ち出すことはやめた方がいい」

エリアスの視線が冷たくなる。わずかに怒りの滲む声音はいつものエリアスにはないものだ。

（カッセル公爵様って……国王陛下の叔父君よね？　王家に連なる血筋だったなんて……）

ディアナは驚いて軽く目を見開いた。神獣騎士の中には王族もいる、という話は聞いたことがあるが、それがエリアスのことだとは思わなかった。

ただ、エリアスの様子から見ると、あまり口にしてほしくないようだ。

緑の犬の神獣騎士はエリアスの態度に怯《ひる》んだように口を噤《つぐ》んだ。その傍らを通り過ぎ、ディアナの傍《そば》までやってきたエリアスは、一転してにこやかに話しかけてきた。

「本復してよかった。見舞いにもいけずに、済まない」

眉《まゆ》を下げるエリアスの背後では、気まずくなったのか緑の犬の神獣騎士たちがそそくさと立ち去っていく。周囲にも安堵《あんど》の空気が広がり、こちらを窺《うかが》う視線はほとんどなくなった。

突き刺さる視線が減ってほっとしたディアナは、笑みを浮かべてエリアスを見上げた。

「わたしの方こそまた迷惑をかけてしまったのに、謝りにいけなくてすみません！　今も庇っていただいて、ありがとうございます」

謝罪と礼を口にすると、エリアスは珍しく悪戯《いたずら》っぽく笑った。

「前に僕も処分を軽くしてもらうように貴女に庇ってもらった。そのお返しだ」

ディアナに対する偏見や怒りなど全く見受けられない様子にほっとして笑みを返すと、ふとファルグが白い炎を吐き人間の姿になった。そのままディアナを背後から包み込むように抱きしめてくる。

「――っファルグ？」

「お前、口出しする機会を見計らっていただろう。少し前からこの場にいたな」

不機嫌を隠しもしないでエリアスを睨《にら》むファルグに、ディアナは窘《たしな》めるようにその腕を軽く叩《たた》いた。

「どうしてエリアスさんがそんなことをしないといけないんですか？　疑うのも──」

「いや、ファルグの言う通りだ。僕はディアナ君が契約を切られる、と言われていた辺りから見ていた。ディアナ君の噂話は以前から耳にしていたが、貴女はあまり騒ぎを大きくしたくないように見えたので、しばらく様子を窺っていたのだが……。ファルグがこらえられなかったな」

苦笑するエリアスとは逆に、ファルグが不快気に唸った。

「お前もさっき言っていただろう。主を貶されて怒らない神獣はいない。そっちの駄馬も同じだ。私はやりすぎたとは思わないぞ」

レイズルがじろりとこちらを睨み据えてきた。

「一緒にするな。お前は誰彼かまわず噛みつきすぎだ。本当にいつもと違うな。お前は主の為に怒ったりするような奴《やつ》ではないはずだ。むしろ主が窮地にあるのを面白がっていたくらいではないか。さっきの様子だと、まるで半身を傷つけられたような反応だ」

ディアナはぎくりとして、唇を引き結んだ。

（ただでさえ騒ぎを起こしているから目立つのに、わたしが半身に望まれているなんてばれたら……）

いい意味にしろ、悪い意味にしろ、これまで以上の騒ぎになるに違いない。

どうごまかそうかと頭を巡らせていると、ディアナを抱えていたファルグの腕からわずかに力が抜けた。

「私がか？」

ファルグがこれでもかというほど大きく目を見張った。それ以上言葉が出ないのか、少し開いた唇からは何も聞こえてこない。

珍しく驚いた反応をするファルグを、ディアナもまた軽く目を見開いて見上げた。

(どうしてそんなに驚くの？　主を傷つけられたら怒るのは当たり前なのよね？　半身に欲しいのも食料庫としてで……)

レイズルもディアナと同じだったのか、意外そうに片眉を上げる。

「気付かなかったのか？　――……お前まさか」

「そ、そういえば、エリアスさん！　書庫の件を……ヨルゲン団長に報告しましたか？」

レイズルが決定的な言葉を口にする前に焦って声を張り上げたディアナだったが、途中から声を潜めて尋ねると、エリアスはかなり無理やりな話題転換にも真面目《まじめ》な表情で頷《うなず》いてくれた。

「ああ、報告書を上げておいた。貴女は気にしなくても大丈夫だ」

気がかりだったことの答えがわかり安堵の溜息をつく。すると間を置かずに抱え込んでいたファルグが腕を解く代わりに腕を引いてきた。その眉間《みけん》には深く皺《しわ》が寄っている。

「納得したのならもういいじゃないか。きみはまだ食事をしていないだろう。さっさと行くぞ」

「えっ、ちょ、ちょっと待ってください。あ、エリアスさんも一緒にどうですか？」

妙に急《せ》かすファルグに肩を軽く押されて歩かされそうになり、ディアナは急いでエリアスを振り返った。

「――せっかくの誘いだが……。今日《きょう》は遠慮した方がよさそうだ」

ちらりとファルグに視線をやったエリアスが苦笑いを浮かべる。

確かに今のこのファルグの様子だと、落ち着いて食事などできないかもしれない。

「あの、それじゃ、午後から書庫の整理に向かいますので、またよろしくお願いします」

「ああ、また後で」

気を悪くするでもなく穏やかに頷いてくれるエリアスの背後で、レイズルが引き続き疑わし気な視線を向けてきていた。

(多分、レイズルはわたしがファルグの半身候補だってわかったわよね？　……どうか言いふらされませんように)

エリアスが止めてくれればいいと願いながら、真顔で何かを考えているらしいファルグに連れられるまま、ディアナは足を動かした。

＊＊＊

ファルグが料理人から戦々恐々とされながら受け取った鶏肉とトマトの煮込みが乗ったトレーをディアナの目の前のテーブルに置き、向かいの席にどさりと座った。

その表情はエリアスたちと別れてから未《いま》だに真顔だ。

「運んでもらってありがとうございます。外でもそんなに暑くないですね」

先ほどの件があったばかりだ。食堂内だと周囲がファルグを怖がるだろうと、人気の少ない外の席に出てきたが、夏の日差しは強くとも、所々木陰になっているので案外涼しい。

「――そうだな」

さっきから妙に口数が少ないファルグがテーブルに頬杖《ほおづえ》をついて、ディアナをじっと見つめてくる。その表情からは何も読み取れない。

(何だかすごく動揺しているわよね？　食事を運んでくれたりするし……)

今までは食堂までくっついてはきていたが、運んでくれるようなことはしなかった。

レイズル曰《いわ》く、半身を傷つけられた時のような反応をしてしまったことに気付かなかったのが、それほど衝撃的だったのだろうか。

半身の香りがするとそういう反応が出るのかもしれないが、意図せず出たことはファルグにとって受け入れがたいことなのかもしれない。

黙ってこちらを見据えてくる黄金の双眸《そうぼう》には、若干戸惑いが浮かんでいるようにも見えて、そんな姿を見たことがないだけに、どうにかしてあげたいという思いが湧《わ》き起こる。

「あの……レイズルが指摘したことは、神獣の本能なんでしょうか？」

「まあ、そうだな」

「それなら食欲と同じで本能的なことだと思うので、そんなに気にしなくても大丈夫ですよ」

「きみ、わかっていないだろう。本能だから困るんじゃないか」

ファルグが呆《あき》れたような溜息をついた。そのまま椅子《いす》の背もたれに背を預けて頭上を振り仰いでしまう。

「少しはわかります。わたしのことが好きで半身にしたいわけでもないのに、自分の意思とは関係なく本能に振り回されるのは怖いと思います」

半身の香りに惑わされているだけなのだ。ファルグは別にディアナに好意を持っているわけではないのだから。

するとファルグが一拍置いてから、仰《あお》向《む》けていた顔を戻し肩を震わせて笑い出した。その表情は皮肉気だ。

「本能だから私が周囲の奴らに攻撃的になったとしても仕方がないと、きみは言うのか。きみ自身が困ってもかまわないと。ずいぶんと大らかだな」

なぜ笑われるのかわからず、ディアナは首を傾《かし》げた。

「わたしより、エリアスさんの方が大らかだと思います」

エリアスの名前を出した途端、ファルグが盛大に顔をしかめた。

「あんな胡散臭《うさんくさ》いお坊ちゃんが大らかなものか。普通は二度……さっきのも含めたら三度か。それだけ騒動を起こせば、苦言の一つも言うぞ。あの笑顔の下で何を考えているのかわかったもんじゃない」

「……前よりエリアスさん嫌いが酷《ひど》くなっていませんか？　そんな裏のあるような方には思えません」

邪魔だ不快だ、とは言っていたが、エリアスの人格を否定する言葉は口にしていなかった。

「あの裏表の激しいレイズルの主だぞ。ただの大らかで優しい人間のわけがないだろう」

確かにレイズルは主とその他の人間に対する態度がまるで違う。だが、それがエリアスにも当てはまるというのがよくわからない。

納得がいかずに眉を顰《ひそ》めていると、いかにも不満げな溜息をつかれた。

「それに……きみのよくない噂をあのお坊ちゃんが知っていて、私が知らなかったのが気に食わない。気に食わないことになおさら腹がたつ。どうしてくれるんだ」

「拗《す》ねないでください。噂の真相を話すことくらいしかできませんけれども、聞きたいですか？　面白くもなんともありませんよ」

　すっかりいつもの調子を取り戻したファルグになぜかほっとしつつ宥《なだ》めると、テーブルに再び頬杖をついたファルグが鋭い視線を向けてきた。

「それなら、教えろ。きみの母親は本当に神獣に契約を切られて死んだのか？　あんな冊子を残すくらいだ。きみのように神獣や魔獣の研究に没頭していたとしか思えないんだがな。何をすれば契約を切られるのかくらい、わかっていただろう」

「わかっていたと思います。ですから、噂は噂で、本当のことではないんです」

　ディアナは膝の上に置いていた手に力を込めた。自分から話題を振っておきながら、いざ話そうとすると緊張に声が震えそうになった。

「……母はわたしを産んで、産後の肥立ちが悪くて亡くなったんです。契約を切られたなんて話や母の不貞の噂は、父の功績を僻《ひが》んだ方々が流した噂だと、家の者からは聞かされています」

　父は神殿狩人《かりゅうど》として破格の強さだ。妬《ねた》み僻みなど当然あるだろう。そこへディアナのようなハーヴィスト家にあるまじき弱い娘がいれば、そういった噂を流されてもおかしくはない。

（わたしを産んだせいで、お母様が亡くなったなんて思っていない。でも……）

　少しだけ後ろめたいのも事実だ。

　ディアナがわずかに視線を落とすと、ふいにファルグがこちらに手を伸ばしてきた。何をするのだろうと見ていると、皿に乗っていたトマト煮込みの鶏肉をフォークで突き刺しディアナに差し出してきた。

「とりあえず、食べろ。食えば力が出る。力をつければきみが諦《あきら》めていたことだってなんでもできる。そうすればきみを悪く言う奴らも何も言えなくなるだろう。私がそうじゃないか」

一応、慰めてくれているのだろう。不貞腐《ふてくさ》れたような表情を浮かべるファルグをぽかんと眺めていたディアナは、慣れていなさそうな慰め方に苦笑してしまった。

「——そうですね」

差し出されていたフォークを受け取ろうとすると、ふいにソースが滴り落ちそうになったのを見て、ディアナは咄嗟にファルグの手ごとフォークを引き寄せて鶏肉に齧《かじ》りついてしまった。

(あっ、つ、つい……)

行儀の悪いことをしてしまったと、手を離し急いで咀嚼《そしゃく》した後に謝ろうと視線を上げたディアナは、再び口をぽかんと開けてしまった。

こちらに向けて残りの鶏肉が刺さったままのフォークを差し出していたファルグが、ほんのりと頬《ほお》を朱に染めて目を見開いていたのだ。

(え？　照れているの？　照れているわよね？)

見たことのない表情に唖然《あぜん》としてしまう。そもそもどこに照れたのかわからない。

「ファルグ？」

身動き一つしないファルグに、ディアナがそっと呼びかけると彼は我に返ったように肩を揺らした。そうして片手で目元を覆ってしまう。

「……嘘《うそ》だろう。相手は人間だぞ」

ぼそりと呟《つぶや》かれた言葉にますます意味がわからなかったが、とりあえず残りの鶏肉が刺さったままのフォークを返してもらおうと手を伸ばす。しかしながら、ひょいと避けられて唇に押し付けられそうになり、反射的に口を開けてしまった。

(な、なにをしているの……？　――餌付《えづ》け？　神獣が半身にする行動とか？　でも、食事はしないわよね？)

頬の赤味はなくなったものの、仏頂面で鶏肉を食べさせてくるファルグに疑問符を飛ばしつつ、ディアナが鶏肉を一つ食べきると、ファルグが再び小さく呟いた。

「……弱った。楽しいな」

楽しいと言う割には笑顔一つなく、表情が合っていない。そんな顔のまま今度は付け合わせの芋を突き刺そうとしたのを見て、ディアナは今度こそその手を押さえた。

「ちゃんと食べますから食べさせてもらわなくても大丈夫です。それより、ファルグも少し食べてみませんか？　美味《おい》しいですよ」

神獣が食事を取らないのはわかっていたが、意味不明な行動をやめさせようと試しに誘ってみると、予想外だったのかファルグは目を数度瞬くと軽く首を傾げた。その仕草が妙に幼くて可愛らしく見える。にこりと笑いかけると、彼は少し迷うような目を向けてきた。

「――きみ、わかっていないようだが、いいのか？」

「いいですよ。こっちのパンなら――」

一緒に食べてくれるのが嬉しくなってディアナがパンを差し出そうとすると、ファルグはフォークを置き、なぜか身を乗り出してきた。片手で顎《あご》を捕らえられ、眼前にファルグの精悍《せいかん》な顔が迫る。

（――え？　……っ!?）

軽く伏せられた長い睫毛《まつげ》の奥に向日葵《ひまわり》の虹彩《こうさい》が見える。やけに赤く見える舌で唇の端を舐めとられ、ファルグの喉元でこくりと音が鳴ったのがやけに大きく聞こえた。

何が何だかわからないうちにファルグは顔と手を離した。目を見開いたまま固まったディアナの目に映ったのは、困惑とわずかな恍惚《こうこつ》さが垣間見える顔をしたファルグだ。

「……美味《うま》いな」

「おっ、美味しくはないと思います！」

羞恥《しゅうち》と驚きで声が引っ繰り返った。おそらくソースでもついていたのだろう。神獣とはいえ性質は狼なのだ。口元を舐めるくらいは何でもないのかもしれないが、それにしたとしても許可なくやらないでほしい。

（手ならそんなに恥ずかしくないのに。そういえば……。これ、二度目だわ……）

契約する際に唇の端についた血を舐めとられたのを思い出し、ファルグにとっては何でもないことなのだと納得させようとするも、どうしても心臓がうるさく鳴った。赤らむ頬を隠すように軽く俯《うつむ》く。

「……神獣は特に何とも思わないのかもしれませんけれども、恥ずかしいので人間の姿で口の傍を舐めないでくれませんか」

「神獣でも何とも思わない相手にはやらないぞ」

「え？　なんて言いました？」

思わぬ言葉を聞いた気がして、思わず聞き返す。

「何とも思わない相手に食べ物を差し出しはしないし、口元なんか舐めるものか。きみは理由を聞かなかったが」

ディアナは赤い顔のままあんぐりと口を開けた。

（だからさっき私が食事を分けようとした時、確認したのね）

ディアナの開いた口に、ファルグが先ほど一度食べさせるのをやめた芋を放り込んできた。仕方なく噛んで飲み込んだディアナだったが、ふと気付く。

「半身の本能で嫌々やっているのなら、食事中は傍にいない方がいいんじゃないでしょうか」

「きみ……思い違いをしていないか？　そうじゃない。本能よりも先に感情がないと……いや、何でもない」

気まずげに視線を逸らし、フォークを持っていない方の手で口元を隠したファルグだったが、すぐに気を取り直すように咳《せき》ばらいをした。

「食べさせられるのが嫌だったら、こぼそうが落とそうが食べなければよかったじゃないか」

「そんなことをしたら作ってくれた方に失礼じゃないですか。そもそもあなたが食べ物を押し付けたり、放り込んでくるから食べな――むぐっ」

渋面のファルグに今度は一口大にしたパンを押し付けられる。

(思い違いをしているって……。何とも思っていない相手にはやらないって……。え、ちょっと待って。わたし食料庫のはずよね？　どうしてそんなに怒っているの？)

わかるようでわかりたくないような、なんとももどかしい感覚になる。ファルグが苛立《いらだ》っている理由もわからない。

ごくんとパンを飲み込み、ひとまず手を止めてほしいと抗議を続けようとした時だった。

「――ええと、お邪魔かな？」

唐突にそう声をかけられて、はっとしたディアナがそちらを見ると、いつの間に来ていたのか、興味津々といったようにきらきらとした笑顔を浮かべた副団長のアランがそこにいた。その傍らには巻き毛も愛らしい少年姿のスヴァルがいたが、頬が盛大に引きつっている。

「邪魔じゃありません！」

真っ赤《まっか》な顔で叫ぶディアナと、無言のまま睨み据えるファルグに、スヴァルが信じられない物を見るような目を向けてきた。

「ねえ、周り見てる？　ファルグ、それ、わかっててやってるんだよね？」

スヴァルの指摘におそるおそる周囲を見回したディアナは、少ないながらも外のテーブル席についていた人々や神獣が驚きに満ちた赤い顔でさっと目を逸らすのを見て、なおのこと赤面した。

今更だが、傍《はた》から見れば仲睦《なかむつ》まじい恋人たちのように見えたかもしれない。

（……あれ？　ちょっと待って。神獣なら話が聞こえていなくても、ファルグがわたしに食べさせる意味がわかっているのよね？　もし、主に教えたら……）

ディアナがファルグの半身候補だとわかってしまうのではないだろうか。さっきはレイズルとエリアスだったからまだ安心していたが、今度はわからない。

さっと青ざめたディアナの心情がわかったのか、ファルグが目を眇《すが》めて周りの神獣を睥睨するように見渡した。

「別に、こっちのことなんか気にしていないだろう。見ていないいないじゃないか」

必死にファルグと目を合わせないようにしている神獣たちの体がびくりと震える。あれだけ怯《おび》えていれば半身候補だと主に告げることはないだろう。ほっとしてしまい、神獣たちに申し訳なく思ったが、アランがわざわざやって来たことを思い出し向き直った。

「アラン副団長、わたしに何か御用があったのでは……」

「ああ、そうそう。食べながらでいいから聞いてくれないかな。ちょっと……。──あれ？　あの方は……珍しいな。食堂に来るなんて」

話し出そうとしていたアランが、食堂の出入り口の方へと視線を向けて小さく驚きの声を上げる。ディアナもまた何気なくそちらを見て、目を瞬いた。

「神官長様ですよね？　普段は食堂で食事をされないんですか？」

年嵩《としかさ》の女性神官がちょうど食堂の中から外へと出てきたところだった。接点がないのでディアナの着任式で見かけた時以来、見るのは初めてだ。やはり神経質そうな面差しは変わらない。

「しないねえ。それにお付きの神官もいないみたいだし。あ、こっち見た」

ディアナたちの視線に気付いたのか、神官長がこちらを見た。アランが胸に手を当てて礼をしたので、ディアナも静かに立ち上がって同様にする。

すると神官長は無表情のまま目礼をすると、じっとディアナに視線を注いできた。かと思うと、緩やかに身を翻《ひるがえ》して去っていってしまう。

「あの女、きみが神獣騎士に絡まれる前からいたぞ」

ファルグがあまり重大なことでもないように告げてきたので、ディアナは目を瞬いた。

（すごく見られていたような……。わたしが色々と問題を起こすから不愉快なのかも）

感情が見えないので本当のところはどうかわからないが、ディアナの行動が目障りなのかもしれない。

「ディアナ嬢絡まれたの？　命知らずな人間だなあ。ファルグを怒らせたらどうするんだろうね。あんなにも主思いなのに」

つい先ほど、アランの言葉通りに怒ったので止めました、とは言えず、ディアナはそろりとファルグの様子を窺った。

「――それでお前はディアナに何の用だ？」

ファルグは同意することなく、苦虫を噛み潰《つぶ》したような表情でアランを睨みつけた。

「ちょっとお願いがあるんだよ」

呆れと好奇心が混じる表情を浮かべていたアランが、ぱっと衒《てら》いのない笑みを浮かべた。それにつられて、ディアナもまた同じような笑みを返してしまう。

「お願いですか？」

「うん、そう。明日《あす》……俺とお出かけしてくれないかな？」

アランの予想外の言葉に大きく目を見開いたディアナは、不機嫌そうに眉を顰めたファルグがパンを握り潰しているのに気付いて、慌ててそれを取り上げた。

＊＊＊

「――ねえ、ファルグ。あんた本気でディアナを半身にするつもり？」

明日の予定をアランから聞き終えた後、食器を片付けに行ったディアナを待っていると、アランに飲み物を貰《もら》ってくる、と同じく待たされていたスヴァルがそう尋ねてきた。

ただの好奇心ではないだろう。その証拠に人間の少年の姿でこちらを睨み据えるその表情は警戒と驚きに満ちている。いつもアランにべったりだというのに、駄々をこねずに残ったということは、よほど気になったのだろう。面倒なことこの上ない。

「だったら何だ。お前には関係ないじゃないか」

「――っないよ。ないけどさ。だって、半身になったら……」

ファルグの威圧を恐れたのか、スヴァルがたちまち顔を青くした。

「どちらかが死ねば共に死ぬ。半身は一蓮托生《いちれんたくしょう》だ」

ファルグは嘲笑うように唇の端を持ち上げた。

神獣が病にかかることはほぼないが、人間は短命の上、病に冒される。神獣のような力も持たず、いくら瘴気耐性が高い人間でも神獣には及ばない。半身になれば寿命が延びて体が強くはなるが、普通に考えればそんなに弱い人間をいくら半身の香りがしたとしても絶対に選ばない。情が移る前に逃げ出す。

「それがわかっているのに、どうしてディアナに給餌《きゅうじ》するんだよ。あんなの、情が移っている証拠じゃん。早死にでもしたいの？」

「別に死にたくはない。あれは情が移っているかどうか確認していただけだ」

間髪《い》を容れずに事実だけを告げると、スヴァルが困惑気味に眉根《まゆね》を寄せた。

「……は？　なにそれ、全然わけわかんないんだけど。あんまりにも半身が見つからないから、とうとう瘴気に冒されておかしくなったんじゃない？」

長い間半身が見つからない神獣は瘴気に冒され、自我を失った挙句、魔獣化する。強い力を持った神獣ほど、その強大な力が上手《うま》く巡らず魔獣化する確率は高い。

「自我を失ってもいないし、魔獣化の兆候もない。私は正常だ」

「……正常なら、自分で正常だって言わないと思う」

冷静に突っ込むスヴァルから、見てはいけないものを見ているような視線を向けられ、ファルグは忌々しげに息を吐いた。そのまま片手で目元を覆う。

「うるさいな。放っておけ」

自分だって驚いている。レイズルに指摘されるまで、半身を傷つけられた時と同じ反応をしているとは思っていなかったのだから。動揺するあまりレイズルの前から撤退し、落ち込んだディアナを柄にもなく下手《へた》な慰めをしてしまったくらいだ。

（確かに、ディアナの命が尽きるまで契約を切らないでいるつもりだったが……）

ディアナの命が失われないようにする、そう彼女に告げたのは本気だった。ファルグ自身も失うのは惜しいと思っていたのだから、そこは納得できる。

いくらファルグの体に合う瘴気を集めてくれるとはいえ、こちらも命がかかっている。初めこそ面白半分で半身にするか見極めてやると思っていたが、いざ本気で向き合ってみるとディアナは一般的な人間の環境には置かれていないことをようやく理解した。

父親から疎まれ、周囲の人間からは本人には全く非のない噂に蔑《さげす》まれ、瘴気には弱くて常に寝込んでいるのが当たり前。死にかけたのも一度や二度ではない。

(扱いに気をつけようとはしていたが、半身にしようとまでは思っていなかったはずだ)

ただ、ディアナに意図せず食事を食べさせる形になった時、心臓が大きく波打ち、血が沸騰しているのかと思うほど顔に熱が集まったのは、これまで生きてきて初めての感覚だった。

(あれは……おそらく、羞恥、なんだろうな)

これまで何度も瘴気を貰う為に掌に口づけたり、抱え込んだりと、平然とディアナに触れていたというのに、なぜ今になってあんな感情が湧き起こったのかわからない。人間相手にそんな感情を覚えたことに愕然《がくぜん》とし、何度も確認するようにディアナに料理を食べさせてしまったが、それもまたおかしな感覚を呼び起こした。

「雛《ひな》に餌《えさ》をやるのは楽しいんだな」

「ねえ、ちょっと、本気でおかしいよ!?」

ぎょっとしたスヴァルが距離を取るように音を立てて椅子から立ち上がる。

心の中で言ったつもりが、どうやら口から出ていたようだ。さすがにおかしいのはわかった。頭に浮かんだのは戸惑いつつもファルグの手から料理を食べるディアナの顔だ。楽しいと思う半面、どこかなまめかしさも覚えて、頭を抱えるように額を押さえ静かに呻《うめ》いた。

「――待ちに待った半身候補なんだ。少しくらいおかしくもなる」

しかも、感謝や信頼を向けてくるのだ。嘘偽りのない瞳《ひとみ》で見つめられながら。おかしくなっても不思議ではない。

盛大に溜息をつくと、ディアナがアランと喋《しゃべ》りながらこちらに戻ってくるのが見えた。楽しげな様子に苛つくのは、自分の楽しみを邪魔されたからというわけではないのだろう。

「スヴァル、お前、ディアナに言うなよ」

「どこから？　なんて言わないけど、言えるわけないじゃん。あんたに殺されたくないし。――でも、あんなにディアナが半身候補だって見せつけたんだから、気をつけた方がいいよ」

引きつった顔を一転させて、真剣みを帯びた顔で忠告してくるスヴァルをファルグは苦々しげに横目で睨み据えた。

「お前に言われる筋合いはない」

見ていた数は少なかったとはいえ、神獣たちの前で給餌したのは失敗だった。

(私に敵《かな》わないからといって、ディアナに手出しをする奴がいるかもしれないな)

例え完全に半身ではなくとも、半身候補を失うのが痛手なのは神獣共通だ。いつまた出会えるのかわからないのだから。

「お待たせしました、ファルグ。書庫に行きましょう」

生き生きとした笑みを浮かべてディアナが駆け寄ってくる。

ふうっと白い炎を吐いて黒狼の姿になったファルグは、当たり前のようにその足元に寄り添った。その尾が無意識のうちに嬉しげに揺れてしまっているのを、スヴァルが半眼になって眺めていたとは全く気付かなかった。

＊＊＊

少しだけ湿り気を帯びた風が木々を揺らして森の中を駆け抜ける。この分だと、しばらくしたら雨が降るかもしれない。

そんなことを考えながら、ディアナは大きく深呼吸をした。

ファルグが瘴気を払った王家の森は信じられないほど清浄な空気に満ちていた。とてつもなく息がしやすい。

「じゃあ、この丸がつけてある十二神獣の石碑を確認したら、森の入り口まで戻って来てね。

ひびとか欠けとか、なんでもいいから異常があったら、印をつけておいてほしいな」

アランが明るい声で指示しながら、ディアナとそして隣に立つエリアスに一枚ずつ地図を渡してきた。

（お出かけ、と言われた時には驚いたけれども、そんなわけがないものね）

昨日、アランが言い出した【お出かけ】は、詳細をよく聞くと王家の森の巡回だった。ファルグが瘴気を消してからしばらく経《た》っているので、一緒に様子を見にいってほしいとのことで、今、ここにいる。ちなみにエリアスも【お出かけ】と言われたらしい。

その張本獣のファルグは黒い狼姿でディアナの足元で静かに控えているが、昨日《きのう》からやけに口数が少なく、大人しい。

（レイズルがすごく気味悪そうに見ているけれども、突っかかっていかないし。いいことなのに、ちょっと心配になってくるわ……）

よろしくね、とひらひらと手を振ったアランがオレンジの羊姿のスヴァルを連れてさっさと行ってしまった。それに続き、エリアスたちも気をつけてと声をかけてくれてから森の奥へと入っていく。

「わたしたちも行きましょうか」

ファルグを促しディアナが歩き出すと、黒狼は無言で傍らについてきた。

時折どこからか鳥の声が聞こえてくるだけで、森の中は静かだ。そこを進むディアナたちにも会話はない。

(半身の香りに惑わされるから、警戒しているのかしら。半身の香りってそんなに本能を刺激するの?)

今は文句ひとつ言わずに従順にくっついてくる。あれだけ文句も不満も言い、自信たっぷりにディアナに迫っていたりしたというのに、あまり触れてもこない。

そっとファルグに舐められた唇の端に手を触れる。感触を思い出すと、顔が熱くなった。

(わたしに食べさせたのだって、口元を舐めたのだってきっと半身の香りのせいね)

何とも思っていない相手でも、そう思うようになってしまうのかもしれない。

ただ、気になるのは「思い違いをしている」と言われたことだ。何か勘違いすることがあっただろうか。あの時、ファルグは何を言いかけていたのだろう。

考え事をしていたせいで、足元がおろそかになっていたらしい。ふいに木の根に足を取られて躓《つまず》いた。

「……っ」

転びかけたところを踏ん張って耐え、なんとか地面に激突するのを免れる。

ほっと息を吐いて顔を上げると、そこに中腰でこちらに手を伸ばしかける人間の青年姿のファルグを見つけ、ディアナは目を瞬いた。咄嗟に手を出したがやめた、そんな感じに見える。

ディアナと目が合うと、ファルグは何とも言えない微妙な顔をして姿勢を正した。

「気をつけろ」

すぐにこちらに背を向けて歩き出す決まり悪そうな様子に、やはり戸惑ってしまう。

木々の合間から見える鉛色の空の色を模したかのような気まずい雰囲気のまま地図に記された石碑を巡り、割れも欠けもないことを確かめて最後の一つになった時だった。

ぽつん、と頬に当たった水滴にとうとう雨が降ってきたのだと気付く。

「急いで確認して戻りましょう。アラン副団長やエリアスさんたちをお待たせしてしまっていたら悪いですから」

最後の石碑に近づいたディアナは異常がないことを確かめると、ほっと胸を撫で下ろした。

ディアナの膝ほどの大きさの石碑には、地母神が従えたという十二匹の神獣がそれぞれ描かれていたが、この石碑は鳥だ。

(瘴気の発生を抑える物なのよね？　わたしが見た物は全部大丈夫そうだけれども、他の石碑に何か異常があるのかも)

瘴気の突然発生が起こったのはそのせいなのかもしれない。

膝をついて確認していたディアナは、立ち上がるとファルグを振り返った。

「大丈夫そうです。行きましょう」

「ああ」

頷いたファルグが空を見上げたその瞬間、ぱっと辺りが明るくなった。間を置かず、鼓膜と腹の底を震わせるような轟音《ごうおん》が響き渡る。

雷だ、と思う間もなくディアナはファルグに抱え込まれるように引き寄せられた。

それまでそっけない態度だったのにもかかわらず、抱え込んだ腕の力強さに驚いて息をのむ。

「どこかに避難した方がよさそうだな。黒焦げになりそうだ」

「そ、それなら、一つ前の石碑の傍がいいと思います。窪《くぼ》みがありましたから」

なだらかな崖下《がけした》にあった石碑の傍に、少しだけ窪んだ場所があったのを見た覚えがある。

時折鳴る雷に足が竦みそうになったが、ファルグに導かれて窪みに辿《たど》り着いた時には、すっかりと濡《ぬ》れてしまっていた。

「アラン副団長とエリアスさんたちは大丈夫でしょうか……」

人一人分ほどの窪みは完全に雨を遮ることはできないが、大降りになってしまった雨に当たり続けるよりはずっといい。ディアナは気がかりそうに石碑の方を見やった。

「――ディアナ、座っていろ」

ふとファルグに呼ばれてそちらを見ると、地面に胡坐《あぐら》をかいて座ったファルグが自分の膝を軽く叩いて示してきた。その眉間には本意ではないのか、皺が寄っている。

「ええと……。疲れていないので大丈夫です」

「いいから、濡れるぞ」

有無を言わさず腰を引き寄せられ、腹の前に腕を回されるとすっぽりと腕の中に収められてしまった。

（半身の香りを警戒しているのに）

それでも気遣ってくれていることに、ほんのりと胸が温かくなった。ディアナの命が失われないようにする、と言ったことを守ろうとしてくれているらしい。

ただ、背中に感じる温かな体温と、耳のすぐ傍から聞こえる息遣いに気付くと、妙に緊張してしまう。

今まで何とも思わなかったが、ファルグの様子が少しおかしかったせいか、今日はそわそわと落ち着かない。しばらく口を噤んでいたディアナだったが、とうとういたたまれなくなり口を開いた。

「雨宿りをするなんて、初めてです」

「きみはそうだろうな」

言葉を返してくれるとは思わず、嬉しくなってしまったディアナは先を続けた。

「ファルグは大陸中あちこち行っていますよね。どこか気に入った場所はありましたか？」

神獣に国境などないのだ。主がいなければ自由気ままに渡り歩いているだろう。ファルグにとって気に入った場所なら、面白そうだ。

「気に入ったというより……。北の大森林には契約していない間はよく行っていたな」

「そこって、魔獣の多発地域ですよね？　どんな魔獣がいるんですか？　瘴気が濃すぎて最奥まで人間が到達できていないって、調査記録を読みました。平地に棲《す》む魔獣でも大森林では体が巨大化していたり、体毛がなかったりする個体がいるそうなんですけれども、そういった魔獣はなぜか人前からすぐに逃げ出して……。どうして笑うんですか」

滔々《とうとう》と喋っていると、背中に振動を感じるのと同時に笑いを押し殺しているような気配を覚えた。緊張も忘れて振り返ると、やはりファルグは唇をわななかせて笑いをこらえていた。

「いや、楽しそうに喋るなと思っただけだ。私——神獣には過ごしやすい場所だが、あそこは人間には忌避される場所だろう」

「過ごしやすい……。あ、そうですよね。瘴気が沢山ありますから、好みの瘴気が必ず見つかりますよね。神獣には食堂みたいなところですね」

「——っ食堂か！　ははははっ」

豪快に笑い飛ばされてしまったが、ディアナは腹が立つどころか肩から力が抜けたような気がした。大人しいファルグより、手を焼かされてもよく喋ってくれるほうがずっといい。

「大森林はさすがに無理だが、どこか行きたいところはあるのか？」

「それなら、ハーヴィストの領地に行ってみたいです！　一度も行ったことがないので」

笑ったことで何か吹っ切れたのか明るい調子で尋ねられ、ディアナは迷いなく口にした。

「……ああ、そうか。あそこは瘴気が多いからな。きみは行けなかったのか」

「そうなんです。でも、行く計画を立てたことはあったんですよ。彩光石を砕いて塗料と混ぜて馬車に塗ればいいんじゃないか、とか彩光石を染料に混ぜて糸を染めて服を作れば行けるんじゃないか、とか……。彩光石の希少さがわかっていなかった、子供の浅知恵ですよね」

寝込む度に夢想したのを思い出し、懐かしくなって苦笑いがこみ上げてくる。

「辺境で瘴気も多くて魔獣も沢山出ますから、人間にとっては大変な場所ですけれども……。行ってみたかったんです。わたしはハーヴィストの娘ですから」

領地から時折王都に報告に来る人々から話を聞くのは好きだった。過酷な土地でも誇りをもって逞《たくま》しく生きている人々には尊敬と憧《あこが》れを抱いた。一度でいいから行ってみたかった。

そうすれば、自分は両親の娘なのだと、自分で自分を証明できる気がしていたのだ。

「だから、ファルグ。いつか一緒に行ってくれませんか？　今はまだ神獣騎士になったばかりですから、長いお休みを貰えるのはずっと先ですけれども、ついてきてくれると嬉しいです」

肩越しに振り返り、期待を込めてじっと見つめる。満月の双眸からは何の感情も読み取れず、その唇は開かない。しばらく待っても、少し小さくなった雨音が響くだけで返事は聞こえてこなかった。

ディアナは落胆を隠すように前を向いて、下がりそうになる口角を意識して上げた。

「ちょっと面倒ですよね。今はそんなことよりしっかりと神獣騎士の――」

「――どこへでもついていってやる、と言ったじゃないか」

ふと、そんな言葉と共に、ファルグがぐりぐりと顎をディアナのつむじに押し付けてきた。

「いたっ、何をするんですか」

ファルグの顎を押しのけようと伸ばした手をふいに掴まれる。そのまま頬に手を押し付けさせられた。

「辺境なんて、すぐそこだ。私がいればきみはどこへでも行ける。そのうち北の大森林にも端くらいなら行けるかもしれない。書物で読んだ場所に全部行きたいというのなら一緒に行こう」

柔らかな眼差《まなざ》しを向けられて、ディアナはなぜか泣きたいような気持ちになった。

「いいんですか？　きっとわたし楽しすぎてずっと喋っているでしょうから、うるさいですよ。瘴気耐性が高くなっていても、頻繁に倒れると思いますし」

「そんなことは今更じゃないか。きみこそいいのか？　悪評まみれの私と行けば、人間にも神獣にも恐れられて満足に休息も取れないかもしれないぞ」

「危害を加えられなくて安全じゃないですか。人間の姿なら、神獣以外にはばれませんし、宿には泊まれます。大丈夫です。野宿は……できるものなら頑張ってみます」

「頑張ってどうにかなるものじゃないだろう」

噴き出したファルグを見て、先ほどまでの重苦しい空気がなくなったことに安堵と嬉しさがこみ上げる。

「じゃあ、約束です」

「うん？　この手は何だ」

右の小指を差し出すと、ファルグは不可解そうに首を傾げた。

「どこかの国では約束する時にお互いの小指を絡めるそうなんです。ちょっとやってみたくて」

これを知った時、約束できるような相手も、出来事もなかったせいか、妙な憧れがある。

「これでいいのか？　――君と一緒にハーヴィストへ行くと、約束する」

躊躇《ためら》いもなくするりと小指を絡めてきたファルグに、ほんのりと胸の奥が温かくなった。

「――ありがとうございます。一つ夢が叶《かな》いました」

満面の笑みを浮かべると、ファルグはぐっと押し黙って、頭上を振り仰いでしまった。その耳が少し赤い。

「……一時の気の迷いだ。ちょっと付き合うだけだ。半身の香りに惑わされたんじゃない」

ぶつぶつと呟くのが聞こえたが、指摘するのはやめておいた。例え半身の香りに惑わされていたとしても、嫌そうには見えなかったのだ。その証拠に絡めた小指が解かれていない。

「あ、少し雨が弱まってきましたね」

止《や》みかけていた雨が割れた雲の隙間《すきま》から差し込む日の光に照らされて、銀の糸のように輝いている。雨に濡れる木の葉から滴り落ちる雫《しずく》さえもガラス細工のようで目を奪われた。

「雨が上がる瞬間なんて、じっくり見たことがありませんでしたけれども、こんなに綺麗《きれい》なんですね。あ、あれって蜘蛛《くも》の糸かなんかでしょうか？」

石碑に細い糸のようなものが絡みつき、たゆたっていた。

「……あれが見えるのか？」

「石碑に蜘蛛の糸がぐるぐると巻き付いていますよね？　どこか先に続いて……。あれ？　見えなくなりました」

ディアナはファルグの腕から抜け出し、猿の紋章が刻まれた石碑に近づいた。蜘蛛の糸についた水滴が陽《ひ》の光に反射して見えていたのかと思ったが、そこには蜘蛛の糸などない。

「確かに見えたはずなんですけれども……ないですね」

石碑を撫でてみたが絡みつくような感触もない。それでも疑問を覚えてぺたぺたと石碑を触っていると傍にやってきたファルグが手を掴んでやめさせた。そのまま握り込まれる。

「瘴気がほとんどなかったからな。雨も降ったせいできみでも見えたのかもしれないな。そうなると、他の奴らにも当然見えているか……」

「え……？　普通は見えないんですか？」

ファルグが何を言っているのかわからなかったが、嫌そうな表情に何か不都合なことなのだろうと察して唇を引き結ぶと、ファルグがふと耳を澄ませるように首を傾げた。

「――ああ、きみを探しているみたいだぞ」

そう言われて、ようやくディアナの名を呼ぶいくつかの声がするのに気付いた。おそらくアランやエリアスたちだろう。彼らもどこかで雨宿りをしていたのかもしれない。

返事をしようとすると、気を引くようにファルグが繋《つな》いだ手に力を込めた。

「きみが見た蜘蛛の糸は緩んでいただろう？」

「はい、ほどけかけていました。どこかに繋がっている方の糸もふわふわとしていて切れそうで……。ちょっと待ってください。すごく嫌な予感がします」

この神獣の石碑のように、不可思議な現象を起こした十二神獣の紋章ならついこの前見たばかりだ。ファルグは何か言われるまで黙っておいたほうがいい、とは言っていたが。

「まさか、書庫の光る十二神獣の紋章と関係があったりしませんよね？」

「……神殿に戻ったら、また面倒なことを言われそうだな」

質問に答えず、ひょいと肩を竦めるファルグに頬を引きつらせたディアナだったが、さらに近づいてきた声と気配に、そちらに向けて慌てて声を上げた。

＊＊＊

「アランから、王家の森の守りの石碑の効果が切れていると報告を受けました。貴方方は……書庫で何か見ませんでしたか？」

いつもの穏やかな笑みを浮かべたヨルゲンが、ディアナたちに向けて静かにそう告げた。

ファルグが面倒なことを言われる、と予言していた通り、王家の森から戻ったディアナとファルグはヨルゲンに書庫に呼び出されたのだ。

ディアナが共に呼び出されたエリアスと困惑気味に顔を見合わせると、足元にいた黒い狼姿のファルグが鼻で笑った。

『私たちが書庫で何かやらかしたとでも言うような口ぶりだな』

「石碑の守りの糸が切れるということは、書庫で何かなければありえません。私が一番疑っているのは、ファルグ、貴方です」

穏やかな口調ながらも油断なく見据えるヨルゲンの視線に、ディアナは慌てて口を挟もうとしてそれよりも先にエリアスが真剣みを帯びた表情を浮かべ口を開いた。

「その件は、王家の森に瘴気が発生する前、書庫の壁に光る紋章が現れた、と報告書を提出しました。そちらは確認していただけていないのでしょうか」

「報告書？　いえ、そのような物は手元には届いていませんが」

怪訝《けげん》そうに眉を顰めたヨルゲンは、すぐにいつもの笑みを浮かべた。

届いていないというのはどういうことなのだろうか。ディアナが目を見開くと、ファルグが意外そうな声を上げた。

『なんだ。報告書を握り潰していたわけじゃなかったのか。神殿や国としては知らないなら知らないままでいてくれた方が都合がいいだろうに』

嘲笑うように喉の奥で笑うファルグに、ディアナはなぜか薄寒さを感じて喉を鳴らした。

「あの……書庫の光る紋章の向こうに、一体何があるんですか？」

恐る恐る尋ねると、ヨルゲンはファルグの失礼な物言いにも崩すことのなかった笑みをすっと消した。ディアナとエリアスに向けた視線は鋭く、思わず背筋が伸びる。

「見てしまったのなら、仕方がありません。これは、他言無用としていただきたいのですが……。――あの壁の向こうには、瘴気を浄化し魔獣を遠ざける地母神様の聖遺物が封印されているのですよ」

思わぬ事実にディアナは息をのんだ。ファルグは大切な物、と言っていたがそんな可愛らしい響きで表現される物ではない。

『瘴気を集める体質の神獣騎士が一ヶ所に集まっているんだ。そんな物でもなければここは都として機能していないだろうな。知らない奴らは英雄だ、聖者だのと偉ぶっているようだが』

ファルグが嘲笑交じりに鼻を鳴らす。エリアスの後ろに控えていた人間姿のレイズルが苛立ったようにこちらに踏み出したが、エリアスがそれを遮った。その視線は書庫の壁を食い入るように見つめている。

（そういえば、エリアスさんは神獣騎士が瘴気を集める体質だって、知っていたのかしら……）

若干青ざめた顔色のエリアスからは今知ったのか、それとも元々知っていたのかどうかわからない。ディアナがエリアスの心情を窺っていると、ファルグがさらに続けた。

『ただ……あれは聖遺物だなんて崇《あが》められるものなんかじゃないがな。封印が解ければきみたち契約者以上に瘴気を引き寄せる代物だ』

ディアナが言葉を失っていると、ヨルゲンが目を眇めてファルグを見据えた。

「その封印が緩んでいるのです。確かに原因不明の瘴気の突発的な発生が何件も発生していましたが、それでも封印が緩むことはありませんでした。今回のことがあるまでは」

ヨルゲンの懐疑的な目と硬い声に、ファルグは怯むことなく見返した。

『私は何もしていない。封印の緩みは定期的に来るものだ。大方、クヴィでも気付けない小さな封印の緩みが瘴気を引き寄せて瘴気を発生させたとか、そんなとこじゃないのか』

きっぱりと言い切るファルグにディアナは以前、何かを隠しているのではないかと疑ってしまったことを思い出して、気まずくなった。しかしそんな気持ちもほんのわずかな間だった。

『まあ、私ほど力のある神獣を書庫に留め置いたのは、何かしら封印に影響を与えたのかもしれないがな。だから言っただろう。私をここに置くのはおすすめしない、と。そっちのお坊ちゃんや駄馬にも言ったはずだ』

やっぱりファルグはファルグだ。詳細を全て明かさないのだ。ぐっとエリアスが渋い表情で押し黙る。レイズルは冷めた表情で唇を引き結び、ディアナもまたがっくりと肩を落とした。

「書庫の仕事が不満で、そう言っていたんじゃなかったんですね……」

人々が困るのを楽しむ、というより自分に関係なければどうなろうがかまわないのだろう。

(確かにファルグは書庫にいただけだもの。それが原因で瘴気が大発生したかもしれなくても、ファルグが全部片付けたんだから、文句も言えないわ……)

ディアナと同じ気持ちなのか、ヨルゲンが頭が痛い、といったように額を押さえた。クヴィの方は悔しげにかちかちと嘴《くちばし》を鳴らしている。

「あそこまで緩んでしまうと、ほんの少しのきっかけで封印が解ける可能性がありますが……」

『書庫の封印も、王家の森の守りも、地母神の祝祭が終われば元通りだ。わざわざ騒ぎたてるほどのことじゃないだろう。それまでクヴィに書庫を封鎖させておけばいい』

地母神の祝祭は感謝の祈りを捧げ、その眠りを守るものだ。彩光石をあしらった聖具を持った神獣騎士と神獣が王都中の瘴気を消しながら練り歩く。

困った表情を浮かべていたヨルゲンがファルグの言葉を捕らえて、おや、と片眉を上げた。

「前回の契約では祝祭をすっぽかしたそうですが、今回は参加していただけるのですね」

『は？　この私にも参加しろというのか？』

「沢山の瘴気を食べつくすのはお得意でしょう。ディアナさんの集める瘴気ばかりでは、栄養が偏りますよ。それに、色々と黙っていたことを償える機会なのでは？」

『お前たちの尻《しり》ぬぐいの間違いじゃないのか？』

にこりとヨルゲンが笑い、ファルグがそれを睨み据える。今にもヨルゲンを焼き尽くしてしまいそうなぴりぴりとしたファルグの気配に、封印を修復する対処法があると知って胸を撫で下ろしていたディアナは慌てた。怒りを宥めようとその前にしゃがんで目線を合わせる。

「ファルグ、神獣騎士のお役目です。気が進まないとは思いますけれども、たった一日ですから、協力してもらえませんか？」

懇願するようにファルグを見つめると、ファルグは鼻面に寄せていた皺を緩めた。

『きみは参加したいのか？』

「はい、もちろん参加したいです。みなさんのお役に立てますし、あなたと一緒に歩けるのを楽しみにしているんです」

『――……仕方がないな。きみの願いなら参加してやる』

「ありがとうございます！」

あれだけ渋っていたというのに、あっさり参加を承諾してくれたことに嬉しくなって、つい頭を撫でてしまうと、もっと褒めろというように頭を擦《こす》り付けられた。ふんぞり返ってはいるものの、その尾は機嫌よく揺れている。

ディアナたちのやり取りを唖然と見ていたクヴィが恐々と体を震わせた。

『やべえよ……あいつ。すっかり手なずけられてるぞ。最恐の神獣はどこへいったんだよ』

『あんな小娘に絆《ほだ》されるなど、情けない』

「レイズル、せっかく参加をする気になったというのに、余計なことを言ったら駄目だ」

小さく毒づくレイズルをエリアスが静かに諌める。その顔色は先ほど神獣騎士が瘴気を集めるといった話の辺りから戻っていない。

少し気になりつつもディアナはとにかく祝祭を成功させなければと、意気込むようにぐっと拳を握りしめた。

＊＊＊

地母神の祝祭の成功を決意した数日後のこと。じりじりと肌が焼けるような真夏の日差しが降り注ぐ神獣騎士団の演習場で、ディアナは感激と興奮に打ち震えながら立ち尽くしていた。

演習場の端では、ディアナと共に祝祭で使用する聖具の手入れをしていた同僚の神獣騎士たちが驚いたようにこちらの様子を遠巻きに窺っている。

『きみは……神獣集めの職人なのか？』

「そんな職に就いた覚えはないです。でも、すごい数ですね」

胡乱《うろん》な目を向けてくる黒い狼姿のファルグをよそに、ディアナは興味津々で足元に視線を落とした。そこでは掌に乗るほどの小さな水色の牛や、親指の爪《つめ》ほどの大きさしかない白黒のまだら模様のネズミ、鮮やかな紅色の鶏など、数多くの小さな神獣たちがディアナを取り囲んで口々に騒いでいた。

『髪と引き換えに契約してー』

『爪でいいからほしいなあ……』

『涙をくれたら契約してやるぞ!』

ディアナが同僚の神獣騎士と一緒に祝祭の準備をしていると、驚くことにどこからともなく集まって来た小さな神獣たちが契約してほしいと迫ってきたのだ。

「契約したばかりだと弱い神獣が寄ってくることがあるそうですけれども、神獣モテモテ期って本当にあるんですね」

『……何なんだその頭の悪そうな名称は。――お前ら、誰の主に迫っているのかわかっているんだろうな』

わきゃわきゃと群がる小さな神獣たちをファルグが鋭い視線で睥睨すると、小さな神獣たちはぴたりと動きを止めた。そこへ追い打ちをかけるようにファルグが遠吠《とおぼ》えをすると蜘蛛の子を散らすように逃げ出していく。

「ああ……。契約して研究材料を貰いたかった……」

全て追い払われてしまい、ディアナががっくりと肩を落とすと、ファルグが不機嫌そうにディアナの紋章が浮かんだ掌を鼻先で突いた。

『きみは私との契約の対価が全身なのを忘れているんじゃないか』

「忘れてはいません。でも、髪とか爪ならすぐに伸びますし、あんな小さな神獣なら……」

『駄目だ』

断固として譲らないファルグに、ディアナは嘆息した。

(他の方もやっているし、契約とは言っても、簡易なものなのに)

ファルグのように血を渡す契約ではない。お使いを頼む程度の一時的な契約だ。それでもファルグは嫌らしい。

「そういえば、前に王都であなたのお願いに付き合ったら毛をくれる、って言っていましたよね。いつ貰えるんですか?」

やりかけていた弓の聖具の手入れを再開しながら、ふとそんなことを思い出した。

『……それは忘れていなかったのか』

悔しげに呟かれ、抗議しようとした時、誰《だれ》かが近寄ってくる気配がした。

「あの……ディアナさん、悪いけれどもこの旗を聖堂にいるエリアスさんの所まで届けてもらえないかしら。私の神獣がレイズルを怖がるのよ。その弓の手入れは私がやっておくから……」

　ちらちらとファルグに時折恐ろしげな視線を向けながら、申し訳なさそうに頼んでくる女性神獣騎士のふんわりとした亜麻色の髪の中から、小刻みに震える金色の猿の尾が覗《のぞ》いている。どうやらファルグも怖いらしい。だが、それ以上にレイズルが恐ろしいようだ。

「はい、わかりました！」

　怯えながらではあるものの、用事を頼まれるのが嬉しくて、つい声が弾んでしまった。

　女性神獣騎士から彩光石がちりばめられたずっしりと重そうな旗を受け取ろうとすると、白い炎を吐いて人間の青年の姿になったファルグが横から旗を奪った。

「貸せ。私が持っていく」

「いいんですか？　助かります。——あ、この弓、お願いします」

　ディアナはさっさと歩き出すファルグの後を追いかけようとして、手にした弓をファルグの行動に唖然とし立ち尽くす女性神獣騎士に差し出した。その際、彼女の手首の内側に尾の長い小さな猿の紋章があるのに気付く。しかも両腕だ。

(紋章が二つ……。普通は一つなのに。……あれ？　そういえば)

　女性神獣騎士に別れを告げ、先に歩いて行ってしまったファルグを追いかける。

「今の方、契約の紋章が二つありました。あれって対価場所ですよね。わたしは掌にしかありませんけれども、対価場所は全身のはずですよね？」

「ああ、全身だ。きみのは掌だけ見えるようにしているだけで、全身に紋章があるぞ。ずっと見えているると頭がおかしくなる奴がたまにいるからな」

まさかの事実にぎょっとした。

（……ファルグはすぐに契約を切るものね。でも、ちょっと見てみたいかも）

常に見え続けていると、よほど心が強くない限り強迫観念に苛《さいな》まれそうだが、一時的にならば見てみたい。

「そういえば、どうしてファルグは全身が対価なんですか？」

ふとそんなことが気になった。ファルグが横目で見下ろしてくる。その表情はどこか神秘的で、普段の飄々《ひょうひょう》としている気配は全くない。

「私の慈悲だ。契約を途中で切られた後、一部だけの対価だと生き延びる可能性が高い。契約を切られた神獣騎士の末路なんて、憐《あわ》れなものだろう」

確かにそうだ。対価を取られても一部だけなら生き延びる可能性が高い。ただ、ディアナの母のように地母神に見放された者として蔑まれるのだ。

「でも、慈悲にしては代々の主と契約を切る時の状況がけっこうその……悲惨ですよね」

これをファルグに言っていいものかと思ったが、躊躇いつつ口にしたディアナは急に立ち止まったファルグにたたらを踏んだ。

「――きみは、知っていたのか？　私と契約した奴らの詳細な末路を」

妙に驚かれ、ディアナは目を瞬いた。

「え？　知っていますよ。魔獣の群れに放り込まれた後に契約を切られたとか、あなたの炎で焼かれた後に契約を切られたとか、瘴気で苦しむのをしばらく放置された挙句に契約を切られたとか。他の神獣に目移りして切られたのはちょっと違うかもしれませんけれども、大体悲惨な末路ですよね。円満な契約破棄は聞いたことがありません」

「……そこまで知っていて、よくきみは私の正体がわかっても取り乱さなかったな。感謝の気持ちのほうが大きいとは言っていたが、普通なら嫌悪して酷い態度を取るぞ」

怪訝そうなファルグを、ディアナは思わずまじまじと見返してしまった。

（……そうよね。あれだけの悪評があるんだもの。契約しても怖がる方はいるわ）

いくらファルグの言動のせいだとしても、拒絶や嫌悪の態度ばかりとられれば初めから深く付き合おうとは思わない。だから主を主とは思わないし、簡単に契約を切ってしまえるのだ。ディアナも陰口や噂を信じ込むような人々と仲良くしたいとは思えない。それと同じだ。冷たい態度を取れば同じ態度が返ってくる。

「あんまりにも悪評が多すぎるので、少しは嘘や誇張も交じっていそうな気がしたんです。わたしの噂も事実とは違いますし、もしかしたらそれと同じなのかも、と思いました」

そう考えれば何も怖いことはない。

「それに、神殿に入る前、自分の神獣のことを知っておこうと思ってあなたの記録を調べたんです。そしたら、何代か前の元主の方が未契約の小さな神獣の売買に関わっていた記録を見つけて……。他にも、悪事に手を染めていた主が何人かいるのに気付きました」

悪事に手を染めていたのが先なのか、神獣騎士になった驕《おご》りでそうなったのかはわからないが、それがファルグの逆鱗に触れた。ただ、ファルグの制裁が凄惨《せいさん》すぎて、神獣騎士の悪事などは流布しなかったのではないだろうか。

(まさか、わざわざそういうことをやりそうな人間を選んでいた、なんてことはないわよね？)

好みの瘴気を集める人間が高確率でたまたまそうだった、というのは少し無理がある気がする。

「──私の気に入らないことをやった主だったから契約を切ったまでだ。悪事かどうかは知ったことか」

当時のことでも思い出したのか、嫌そうに眉を顰めたファルグが再び歩き出した。

真相はわからないが、ファルグとしては悪事を暴いてやったという自覚はないようだ。やり方が酷すぎて、悪評が立とうがどうでもいいらしい。

(悪いことをするとファルグが来るよ、は本当のことだったのかもしれないわね……)

思わず苦笑しかけた時だった。ファルグが急に真剣みを帯びた表情をしたかと思うと、持っていた旗を放り出しディアナの手を引いたのだ。

「え？」

引っ張られてファルグの胸の中に飛び込む形になったディアナのすぐ横を、何かが素早く通り過ぎる。

はっとしてそちらを見たディアナは、掌で包めてしまうほどの小さな銀色の鳥が床に落ちているのに気付いた。色と大きさからして神獣だ。

「大丈夫ですか⁉」

「近づくな。見ていろ」

ディアナは銀色の鳥がみるみると黒い靄《もや》に覆われていくのを見て、息をのんだ。あっという間に一回り大きな漆黒の鳥へと変化した姿に、ぞわりと悪寒が走った。

「あれは……」

「神獣が魔獣化するところを見るのは初めてか？　自分の力と質の合わない瘴気を大量に取り込むと時々、ああなる」

漆黒になった鳥はふらつきながら地上から舞い上がると、こっちに突っ込んできた。

ふっとファルグが青い炎を吹きかける。するとまるで皮をはがすようにふわりと剥《は》がれた瘴気が瞬く間に霧散した。元の銀の小鳥の姿に戻った神獣が、そのまま力尽き落下するのを見て、ディアナは慌ててファルグの腕から抜け出し手を伸ばした。小さな衝撃と共にとさりと掌に落ち、ほっと息を吐く。

「……っ危なかった……」

「いや、危ないのはきみだ。これはついさっきまで瘴気に包まれていたんだぞ」

ファルグが小鳥をつまみ上げようとするので、ディアナは慌てて両手で包み込んだ。

「瘴気はあなたが消したんですから、もう大丈夫ですよ」

「瘴気が残っていなくても、またくっつけるかもしれないだろう。いいからよこせ」

「嫌です」

「よこせ」

金色の双眸で睨み据えられても、断固として首を横に振っていると、手の中の小鳥の神獣がもぞもぞと動く気配がした。

「あ、気がつきましたか？」

『……――ひっ!!』

覗き込んだディアナではなく、ファルグの姿に気付いたのだろう。小鳥の神獣はもがくようにディアナの手の中から飛び出し、あっという間に飛び去っていってしまった。

「大丈夫だったんでしょうか……。それにあの神獣の主は……」

「主はいないな。……これを持っていろ。少しは瘴気避《よ》けになる」

放り出していた彩光石つきの旗をこちらに差し出され、反射的に受け取ったディアナはファルグの見ている方角に点々と黒い塊が落ちているのに気付いて、息を詰めた。少しずつではあるがこちらにじわじわと寄ってきている。

「あれは……。さっきの鳥の神獣と同じ状態ですか？」

「そうだな。きみの集める瘴気に寄ってきたんだろう」

ふわりと白い炎を吐き、黒狼の姿になったファルグが遠吠えと同時に青い炎を吐き出した。

瞬く間に廊下を覆った青い炎は、転がっている黒い塊をのみ込み瘴気を引きはがしたか思うと、こちらに戻ってきた。ファルグが躊躇《ちゅうちょ》なくそれに噛みつき、ごくりと飲み下す。

『まあまあだな』

しっかりと彩光石つきの旗を抱えていたディアナは、ぶるりと埃《ほこり》を払い落とすように首を振ったファルグを見て、ほっと息をついた。

廊下には所々に小さな神獣たちが転がっている。その中に見覚えのある小さな水色の牛やまだら模様のネズミの姿を見つけて、ディアナは目を瞬いた。

「これって……演習場にいた神獣ですよね。どこで瘴気をくっつけてきたんでしょうか……」

『いや、これは誰かに瘴気だまりに放り込まれたんだろう。そうじゃないとこんなに何匹も同時に魔獣化するわけがない。よっぽどきみが目障りなんだな』

「神殿に瘴気だまりなんかあるんですか？」

神獣たちの様子を確かめようと近づこうとしたディアナは、驚いて振り返った。

大気に漂う瘴気が溜《た》まりやすい場所は【瘴気だまり】と呼ばれているが、神殿内にもあるとは思わなかった。

『あるぞ。きみも神殿に来た初日に具合が悪くなっていただろう。あの時はあまり溜まっていなかったが、きみはそこから見事に集めていたな』

「わたしが道に迷ったあの時のことって、そういうことだったんですね……」

どうりでヨルゲンからはぐれさせたわけだ。瘴気を集めさせたかったのだろう。

「そんなことより、きみを傷つけたい愚か者をあぶり出しに行くか」

「わかるんですか？」

「ああ。こいつらに放り込んだ奴の匂いが……。ふん、あっちからやってきたか。どこかで様子を窺っていたな」

喉の奥で不敵に笑うファルグにディアナが驚いていると、俄《にわ》かに神獣たちが倒れた廊下の先が騒がしくなった。

「――神獣が倒れているぞ！　ファルグ、今度は何をしたんだ!?」

数人の神獣騎士が現れ、あっという間にディアナたちの前後は彼らによって挟まれてしまった。

「瘴気に侵されて魔獣化した神獣が襲ってきたので、ファルグが瘴気を払ってくれたんです」

証拠もなしに誰かに瘴気だまりに放り込まれたようだ、とは言えずにそれを省いて責め立ててきた神獣騎士に簡潔に説明したディアナは、どこかで見覚えのある神獣騎士だということに気付いた。その足元に緑の犬の神獣が大人しく控えているのを見て、はっきりと思い出す。

（この方……食堂でわたしに陰口を言っていた方よね？）

ディアナが確認するようにファルグを見下ろすと、黒狼はちらりとこちらを見上げて肯定するようにわずかに頷いた。

「嘘をつくな。こんなに弱い神獣が魔獣化するほどの瘴気だまりに近づくわけがない。こいつらはみんなお前に群がっていた神獣じゃないか。ファルグがやったんだろう！」

『へえ……お前の主は臆測で物を言うのが随分と得意だな』

ファルグががなりたてる主ではなくじっと緑の犬の神獣を見据えると、犬の神獣は怯えたように体を震わせた。

『まあ、そいつらを起こして聞いてみれば、何があったのかすぐにわかるんじゃないか。なあ？』

ファルグに低く凄《すご》まれた犬の神獣は耳を伏せてそろそろと後ずさると、そのまま脱兎《だっと》のごとく逃げ出しかける。――と、その行く手を誰かが阻んだ。そこに躍り出てきたのは、赤い毛並みを持った立派な体躯《たいく》の馬の神獣レイズルだった。少し遅れてその巨体の向こうからエリアスが姿を現す。

「貴方たちはこんな場所で何をしているんだ!?　王都で大規模な瘴気が発生した。瘴気払いの要請が来たのを知らないのか！　出られる神獣騎士は出ろとの命令だ」

エリアスの叱責《しっせき》に、神獣騎士たちが表情を引き締めて駆け出していった。緑の犬の神獣騎士もまた一瞬だけ呆然《ぼうぜん》と立ち尽くした後、慌てて自分の神獣と共に走っていく。

（書庫はクヴィが封鎖したってヨルゲン団長から聞いたけれども、それなのに王都に瘴気が出たの？　聖遺物は関係ないってこと？）

これ以上聖遺物に刺激を与えない為に封鎖されているというのに、瘴気が出たのはどういうわけだろう。

『――ああ、なるほどな』

取り残されてしまったディアナが首を傾げていると、ファルグが何か納得したとでもいうように呟いた。

「何かに気付きましたか？」

『多分、私が神殿の中で力を使うと、王都のどこかで瘴気が発生するぞ』

「え……。それって……聖遺物の封印が緩む、ってことですか？　でも、食堂で使った時には発生しませんでしたよ」

ぎょっとして、まじまじとファルグを見てしまっていると、ファルグは喉の奥で笑った。

『あの時は王家の森の瘴気を消したばかりで、大丈夫だったんだろう。私の力が強すぎるんだろうな。もっと厳重に書庫を封鎖しておかないと無理だ』

「そんな……。ファルグのせいなんて……」

『きみが頼むのなら、私が王都の瘴気を消してきてやってもいいぞ。ヨルゲンにも瘴気を減らす協力をしろと言われているんだ。今回は咎《とが》められないだろうな。きみはここで待っていればいい』

「……——いえ、一緒に行きます」

少し迷ったが、やはりファルグが関係しているのなら、主として行くべきだ。その方が瘴気を集めやすくなる。

ディアナの返答を聞くなり、ファルグは後ろに回り込むと、膝を押して背中に乗せてくれた。慌てて旗を転がすように置くと、落ちないようにその首にしがみつく。それに気付いたエリアスが眉を顰めた。

「ファルグ、行くつもりか？　ディアナ君に負担がかかる。それにこの倒れている神獣たちは何があったんだ」

『そいつらが起きればすぐにわかるさ。書庫番はできなくなったんだから、いいじゃないか。私が行った方が早く片付く』

『偏食狼の上、大食漢だからな、お前は』

嫌味を言わないと気が済まないのか、レイズルが忌々しそうに唸る。

それには言い返さずに、ファルグはディアナを乗せて早くも走り出した。

＊＊＊

息をするのも苦しくなるような速さで神殿を抜けて王都の中心部へとやって来たディアナたちを待っていたのは、うっすらと灰色の瘴気に覆われた街と、各所で聞こえる人々の悲鳴や怒声だった。家や店の扉は固く閉ざされているが、それでも全ての人々が中に避難できているとは思えなかった。

「これ……王家の森と同じ状況ですか？」

『いや、あの時よりもあっちこっちで出ているな。何より人間が邪魔だ。――ああ、魔獣の気配もするな』

緊迫した状況に高揚しているのか、舌舐めずりをするファルグは狩りを楽しむ獣のようだ。

少しだけ背筋が寒くなりながら、ファルグの背中から下りたディアナはファルグがディアナが引き寄せたらしい瘴気を噛み砕いたのを見て、ふと閃《ひらめ》いた。

「わたしが囮《おとり》になりましょうか？　瘴気を広場に集めてしまえばファルグもやりやすいですよね。その方が被害がこれ以上広がらないと思います」

少し視界は暗いが、それでもまだ息苦しくはない。体も普通に動く。瘴気耐性が上がったこともあるのだろうが、ファルグが瘴気を食べてくれているからだろう。

『きみ、耐えられるのか？　この量の瘴気を引き付けるとなると、一歩間違えれば死ぬぞ。私は気が進まないがな』

危ないからやめろと頭ごなしに言わないところがファルグらしい。

「あなたがどうにかしてくれるなら、耐えられます。あなたはどこまでわたしが耐えられるか試していたんですから、倒れる寸前の見極めはできますよね」

『また痛いところをついてくるな……。――よし、ぎりぎりを狙《ねら》ってやる。堪え切れたら、褒美にきみの欲しい物を好きなだけくれてやろう』

一転して愉快そうに声を上げて笑ったファルグに、ディアナは食いついた。

「本当ですか!?　ええと、お腹《なか》の毛と背中の毛と尻尾《しっぽ》の毛と爪と髭《ひげ》と……歯は無理ですよね？　あっ、涙、涙とか駄目ですか？　神獣の涙は魔獣避けになるそうなので、試してみたいんです！」

『なおさら変態じみていないか……？』

さすがのファルグも引き気味になったが、ご褒美があると思えば何が何でも耐えてみせると意気込んでいたディアナは変態呼ばわりされたことも気付いていなかった。

「わたしばかりご褒美を貰えるのは申し訳ないので、あなたも何か欲しい物はありませんか？」

『褒美か……』

黒い狼の姿で首を傾げる様子は愛嬌《あいきょう》がありディアナは微笑《ほほえ》ましく眺めていたが、当のファルグは俯いたと思うと何やらぶつぶつと呟き出した。その尾は苛立ったように地を打っている。

『――どうしてこううっかり褒美などと口にするんだ？　信頼しすぎるのも考えものだろう。いや、まさか逆に私を試しているんじゃないだろうな』

「ファルグ？　あの……思いつかなかったらあとででもいいですよ。半身以外なら大丈夫です」

確かにうっかりとしていた。ファルグならここぞとばかりに半身に欲しいと言い出すかもしれない。

ファルグがぴたりと動きを止めた。そうして瞬く間に白い炎を吐き人気の姿になる。なぜ今その姿になるのかわからずにディアナが不可解そうに見ていると、真顔で手を伸ばしてきたファルグに腰を引き寄せられてもう片方の手で紋章が浮かぶ掌を取られた。

「決めた。先にご褒美を貰うぞ」

掌の紋章を甘噛みされたかと思うと、軽く吸われるように唇を押し付けられて、ディアナは思わず肩を揺らした。反射的に腰が引けてしまいそうになると、引き戻されて指先一つ一つに口づけされる。

（こ、これ……わたしが集めた瘴気を貰っているのよね？　でも、これからもっと食べるのに、ご褒美になるの？）

よほど美味なのか、頬は上気し、伏せられた目元がやけに艶《なま》めかしく見えて、ただの食事のはずなのにどきどきと脈が速くなってきてしまう。

時間的にはそれほど経っていなかったはずだが、やけに長く感じた。ファルグが手から顔を上げ、再び白い炎と共に黒い狼の姿へと戻る。その間際、急に首を伸ばしたファルグが狼の大きな舌でディアナの唇の端をぺろりと舐めた。

「……っ、何をしているんですか！」

『人間の姿で舐めていないからいいじゃないか。ご褒美を貰っただけだ』

なぜか怒ったような調子で屁理屈を言ってくるファルグに、ディアナは唇の端を押さえてわなわなと肩を震わせた。

「ふ、ふざけていないで、早く瘴気を片付けに行きましょう！」

赤面しつつ広場へ歩き出すと、その傍らを競うようにファルグがついてくる。広場までの道すがら所々で神獣騎士や神殿狩人の姿を見かけたが、瘴気の量が多すぎるのか、一般の人間の救助に集中しているからなのか、灰色の視界は全く変わらなかった。

（息がしにくくなってきたかも……）

それでも契約当初よりは随分と耐性が上がってきているのだろう。ファルグが時々瘴気を消してくれているせいもあるが、小走りに駆けていられる。これならばファルグが瘴気を全て片付けるまでもつかもしれない、という自信がこみ上げてきた。

やがて閑散とした広場に辿り着き、瘴気予報の白っぽい灰色の旗が翻る鐘楼の真下にやってきたディアナは、緊張気味に喉を鳴らすと、少し離れた場所に座ったファルグに頷いてみせた。

「大丈夫です。もう瘴気を消さないでください」

『ああ。十分に集まったらすぐに食らいつくしてやる。――安心して耐えろ』

身構えるようにファルグが体勢を低くした。そうしている間にも広場に渦巻く瘴気が徐々にディアナの方へと色を濃くして集まってきている。路地から建物の隙間から、屋根からとあらゆる方角から薄い灰色の波のようにじわじわと押し寄せてきた。

（まだいける、立っていられる。助けてもらえない頃に比べたら、こんなの何でもない）

契約前、瘴気に襲われる度に死を覚悟した。その恐怖は今は全くない。

ずしり、と背中に重みがかかる。さすがに耐え切れずに膝をつくと、ふっと鼻をかすめるすえた瘴気の臭いが一段と濃くなった。どうにかして顔を上げると、漆黒の瘴気を纏《まと》わりつかせた巨大な何かがこちらに近づいてくる気配がした。

（魔獣？　あんなに大きいのが……っ）

ふいに頭を上から押さえつけられたような圧力がかかり、一瞬息が詰まる。視界がぶれた。

『――もう十分だ。よく耐えたな』

ふわりと体を温かな漆黒の毛並みが包み込む。伏しかけた頬に触れたのは少し硬めの被毛だ。

――ウォオオオン

鼓膜を揺らす遠吠えが救いの声に聞こえた。ほっと息がつける。周囲の空気が軽くなる。

必死に重い体を支え、目をこらしたディアナが見たものは、竜巻状の青い炎が広場に集まった灰色の瘴気を焼き尽くし、そこに現れた闇《やみ》をそのまま凝縮したかのような獅子《しし》にも似た魔獣を包み込んだ光景だった。

瘴気も魔獣ものみ込んだ青い竜巻は仕上げとばかりに広場を一回りすると、みるみると掌ほどの大きさに収縮し、駆け寄ったファルグによってばくりと噛み砕かれ跡形もなく消えた。

「——消えた……」

元の明るい広場の姿を取り戻したのを見た途端、安堵のあまり力が抜ける。

戻ってきたファルグが地面に伏したディアナの頬を労《いたわ》るようにひと舐めした。

『おい、死んでいないか？』

「……生きています。殺さないでください。堪え切れたのでご褒美が欲しいです」

『きみなあ……』

手だけを上げて応える。初めて会った時と似たような会話に、互いに思わず笑い声が漏れた。

「瘴気はどのくらい消せましたか」

『大物の魔獣をやったからな。あれがいなくなれば、あとはそんなに苦労しないだろう。私たちは帰るぞ。これ以上きみをここに置いておきたくないからな』

狼の姿のファルグが起き上がれないディアナの腹の下に潜り込み、その背に乗せてくれる。

『掴まれるか？　こっちの姿の方が早く帰れるんだが』

「……ちょっと、まだ力が入らないかもしれません……」

ひとまずうつ伏せは苦しいので体勢を変えようとしていると、広場に駆け込んでくる複数人の足音が響いた。

ファルグの背中に乗せられたディアナを見て驚いたのか、足音が止まる。

「――ディアナ」

ディアナの名を呼ぶ静かで重みのあるその声を聞いたのは、確か一年ほど前のことだ。

（魔獣の討伐に行っているはずなのに）

力が入らなかった体が強張《こわば》る。ファルグの背中からするりと地面に滑り落ちかけたが、瞬く間に白い炎を吐いて人間の姿になったファルグが抱え込むように受け止めてくれた。

「きみは何をそんなに驚いて――」

「……お父様」

広場に駆け込んできた人々の中に、赤茶の髪を短く刈り込んだ怜悧《れいり》な面立ちの中年の男性の姿を見つけたディアナは、縋るようにいつも襟元につけている彩光石のブローチを握りしめた。

第四章　信頼と救い

「私は娘を神獣騎士団に預けることは了承しましたが、神獣騎士として任務に当たらせることを認めた覚えはないのだが」

ディアナの父、ロベルト・ハーヴィスト辺境伯は、神獣騎士団長の執務室で、全く声を荒げることなく淡々と言い放った。

来客用の長椅子《ながいす》に腰かけた父が机を挟んで前に座るヨルゲンに向けた視線には、非難の色が混じっている。肩に梟《ふくろう》姿のクヴィを乗せたヨルゲンの隣に座ったディアナは、父の顔にわずかな怒りが見え隠れしているのを恐れるというよりも困惑気味に見ていた。

(どうしてそこまで怒るの？　疎んでいた娘なんかどうでもいいはずなのに)

昨日《きのう》、広場で出くわした父とは、残っていた瘴気《しょうき》や魔獣を片付ける為《ため》にあれきりで別れてしまったが、一夜明け父はディアナとヨルゲンに面会を求めてきた。

ディアナの足元には当然のようにファルグが寄り添い、ヨルゲンの背後にはアランがオレンジの羊姿のスヴァルと共に控えている。

「それがなぜ瘴気払いに出ていたのか、お答えいただきたい」

真っ直《す》ぐにヨルゲンを見据えた父は、ディアナには入室してきた際にちらりと一瞥《いちべつ》をくれただけでそれから一度もこちらを見なかった。

ヨルゲンがいつものように穏やかに切り出す。

「何か誤解があるようですが、ご息女が神獣騎士として着任する許可はいただいたはずなのでは？」

「私はそのような許可を出した覚えはない。娘の神獣騎士着任伺いの書状は受け取ったが、私が魔獣の討伐遠征から戻るまでは神獣騎士団で預かっていてほしい、と返信しただけだ」

「こちらも、そういった返信はいただいてはおりません。神官長を通して許可済みの書状を受け取りました」

互いの言い分の食い違いに、ヨルゲンがわずかに眉《まゆ》を顰《ひそ》め、父は目を眇《すが》めた。ディアナもまた首を傾《かし》げる。

（どういうこと……？　どっちも嘘《うそ》を言っていないなら、誰《だれ》かが許可書をすり替えた、ってことよね？　どうしてそんなことをしたの？）

アランを振り返って一言二言言葉を交わしていたヨルゲンが、再び父に向き直る。

「どうやら私の周辺では書類の不備が多発しているようです。至急、調べさせますのでご容赦いただけますか」

父も誤解に気づいたのか何か考えているようだったが、それでも怒りは収まらないのか硬い態度は変わらなかった。

「どうも行き違いがあったようだが、ともかく娘に神獣騎士は無理だ。連れ帰らせてもらう。

──ディアナ、支度をしてきなさい」

入室以降、初めて父の視線がこちらに向いた。その目には見間違いようもなく案じる色が浮かんでいて、いつも向けられる無感情な目とはまるで違った。

（心配してくれているの？　それとも人前だから？）

ディアナは淡い期待を抑えるように、膝《ひざ》に乗せた手をぎゅっと握りしめた。

「わたしはここに残ります。神獣の契約者は、神獣騎士として神殿に所属するのが義務です」

ディアナが毅然《きぜん》と言い放つと、父は少し間を置き眉間《みけん》に皺《しわ》を寄せた。

「それはよほどの理由がない場合だ。──そこの神獣が屋敷の彩光石を根こそぎ持っていったと報告を受けた。契約をしてもそれだけ多くの彩光石がなければ体調不良を起こすのだろう。そんな瘴気耐性の低さでは、神獣騎士として勤めるのは難しい」

全くの正論に、顔が強張《こわば》る。

（そんなことは……わかっているわ）

口を挟む隙《すき》を与えず意見を述べた父に、ディアナは再び膝に乗せた手に力を込めた。

「すでに色々と問題を起こしていると聞いた。ファルグはお前の手に負えないのを理解したはずだ。取り返しのつかない問題を起こす前に退団して、家に戻りなさい」

「──……戻りません」

ディアナは父を見据えた。

「契約して瘴気耐性が上がりました。これからもっと上がるとファルグにも言われています。そうすれば、きちんと神獣騎士として勤められます。お父様も昨日、瘴気を払えたのを見ていましたよね。ハーヴィストの家に貢献したいんです」

「お前がハーヴィストに尽くす必要はない。すでに十分な立場にある。それでも、このままお前が神獣騎士として勤めていれば貶《おとし》められるだろう。お前はこれまで通り、家で過ごしていればいい。何も不自由はさせていなかったはずだ」

聞き分けのない子供に言い聞かせるような言い方に、ディアナは怒りなのか悲しみなのかよくわからない激情をこらえるように、ぐっと唇を噛《か》んだ。

（お父様は……わたしがハーヴィスト家の名に泥を塗ることを心配しているんだわ）

父は、悪評があるファルグと契約をしたディアナ自身を心配したのではなく、ディアナが問題を起こして家名が貶められるのを気にしているのだ。

（わたしは、何を期待していたの……。今まで気にかけてくれたことなんか、なかったのに）

怒りではなく、空虚な思いが胸に湧《わ》き起こる。するとそれまで黙っていたファルグがふっと白い炎を吐いて人の姿に変わるなり、止める間もなくディアナの肩を引き寄せた。

「家に押し込めるというのなら、ディアナを連れていくぞ。お前は騒動を起こすような娘はいらないのだろう。人形のように大人《おとな》しく口答えもせずにじっとしているような娘が必要ならば、私が貰《もら》う。こんなに退屈しない娘を放置するなど、もったいない」

にやりと笑ったファルグがディアナの掌《てのひら》を持ち上げて紋章に口づける。次の瞬間、様々な色の炎がその身を覆った。クヴィとスヴァルがすかさず羽や毛を逆立てて臨戦態勢に入る。周囲の反応とは逆に、父は身動き一つせずに鋭くこちらを見据えた。

「──なるほど。どうやらそのケダモノは口がうまいようだ。世間知らずの娘をうまく言いくるめて契約したのか」

座っているだけだというのに漂う父の威圧感に、ディアナは一瞬気圧《けお》されそうになったが、その言葉は聞き捨てならなかった。

「ファルグのことをケダモノなんて呼ばないでください。わたしは言いくるめられてなんかいません。わたしが納得して契約をした、わたしの神獣です。ケダモノなんかじゃありません」

父を真っ直ぐに見据える。年に一度会うか会わないかという時にも、こんな風に正面から向き合うことなどなかった。

「確かにお父様のおっしゃる通り、わたしは何不自由なく育ててもらいました。何をしても咎《とが》められずに好きなことをさせてもらった。それは感謝しています。わたしはかなり恵まれている。でも……」

言葉を切り、静かに息を吸う。ファルグに握られたままの手が少し震えた。

「お父様はわたしのことなんて興味がなかったんでしょう。具合が悪くて寝込んでも、お母様の悪い噂《うわさ》が流れても、お父様は何も言ってこなかった。なんでもない会話だって、食事だって、何もなかった」

積年の思いの丈を全て吐き出すように言い募ると、父はディアナがそんな風に言い返してくるとは思わなかったのか、瞠目《どうもく》し組んでいた腕を解いた。

「ディアナ、それは違う。私は――」

「何が違うんですか。事実です。今更、どうして神獣騎士になった途端に口出ししてくるんですか。興味がないのなら、そのままずっと放置しておいてくれればいいのに……！」

昂《たかぶ》った感情に押されて喉《のど》の奥から嗚咽《おえつ》が漏れそうになって、必死でそれを押しとどめた。

（子供じみている、なんて呆《あき》れるなら呆れればいいんだわ）

親を恋しがる年齢はとっくに過ぎていても、神獣騎士になったことを父に褒めてもらえるかもしれない、と心の奥底で期待していた自分に気付いて空《むな》しくなったが、それはもういい。

「わたしは……わたしを救ってくれたファルグと一緒に神獣騎士として勤めます。――家には戻りません」

どこか呆然《ぼうぜん》とし、青ざめているようにも見える父をディアナは睨み据えた。ただ、縋《すが》るようにファルグの手を握りしめていたことには、気付かなかった。

ディアナの告白と決意に、室内が一瞬だけ静まり返ったが、すぐにその静寂を壊したのはファルグの腹の底から楽しそうな笑い声だった。

「ははは っ、そうか、私はきみを救ったのか」

間を置かず膝裏と背に手を回されたかと思うと、すくい上げるように抱き上げられた。

満面の笑み、とでもいうのだろうか。子供が歓声を上げているような天真爛漫《らんまん》ささえも感じられるような笑顔に、ディアナは面食らってしまった。

(な、何をそんなに喜んでいるの？)

おそらく狼《おおかみ》の姿ならば、ちぎれそうなほど勢いよく尾が振られているに違いない。

「そこまで言われるとはな。――ああ、もう抵抗するのが馬鹿《ばか》らしくなってきたぞ」

何に抗《あらが》っていたというのか、謎《なぞ》の言葉と共にきつく抱きしめられて、ディアナは抗議の声を上げた。

「く、苦しいです！　下ろしてください！」

「嫌だ。きみの父親に連れていかれそうだからな」

はっとそちらを振り返ったディアナは、なぜか口端を持ち上げて薄く笑う父に青ざめた。その妙な表情にごくりと喉を鳴らす。

(怖い！　目が笑っていない！)

怒鳴りつけられるよりもなおさら怖く、先ほど以上の威圧感を感じる。肌がぴりぴりとしてくるようだ。

「へえ……すごいな」

ファルグが感心したように呟《つぶや》く。気付けば、クヴィはヨルゲンの髪の後ろに隠れてしまい、スヴァルもまたこちらに尻《しり》を向けてアランの足元に首を突っ込み、がたがたと震えていた。

「――ハーヴィスト辺境伯、ここは神獣騎士団です。魔獣の群れの真っただ中ではありません。落ち着かれてください」

神獣たちの反応に、ヨルゲンが父を窘《たしな》めるように声をかけた。

すると父は無言で立ち上がった。クヴィとスヴァルがびくりと大きく体を震わせる。そんなことには気にも留めずに、父は口を開いた。

「娘はどうも頭に血が上っているようだ。地母神様の祝祭を終え落ち着いたら、再び話し合いをした方がよさそうだな。――今日《きょう》のところはこれで失礼する」

そのまま踵《きびす》を返した父は扉の前まで来ると、ぴたりと足を止めた。

「――ディアナ、契約を切られても私なら対価を取られる前にその神獣を追い払える。気が変わったら言いなさい」

静かに振り返った父は、口にした自信溢《あふ》れる言葉とは裏腹に少しばかり悄然《しょうぜん》としているように見えたが、すぐに足音一つさせずに執務室から出ていった。

父の気配が全くしなくなると、アランがふうと肩を落とした。そうして隠れるように足の間に挟まっていたスヴァルを抱き上げる。

「……いやあ、怒っていたねえ」

『あんたの親、怖すぎ。スヴァル動けなかったんだけど⁉　神獣を威圧するなんて、あれ人

間？』

ぶるぶるっとアランに抱えられたままスヴァルが身震いする。

「あの威圧感なら、弱い神獣は近寄れないな。あの男、何かあるんじゃないか？」

探るような視線を向けてきたファルグがようやくディアナを下ろしてくれる。

「父は瘴気耐性が高いんです。少しの瘴気なら退けてしまうみたいですし、魔獣も弱ければ身動きできないとか……。それで威圧感があったのかもしれません」

『……それ、本当に人間かよ』

ヨルゲンの髪の後ろからひょっこりと頭を出したクヴィが恐ろしげに呟く。その主《あるじ》のヨルゲンが、クヴィに乱された髪を後ろにやりながら、興味深そうな目を向けてきた。その視線に、ディアナははっとして慌てて頭を下げた。

「お騒がせしてしまいまして、申し訳ございません。お見苦しいところを見せてしまって……」

父に言い返すことばかりが頭にあったせいで、ヨルゲンたちのことが意識の外に置かれていた。子供じみた自分自身の心情を彼らの前で全て吐露してしまったのは、かなり恥ずかしい。

「いいえ、どうも何か行き違いがあったようですから、お怒りになられるのも無理はありません。原因は早急に調べますが、お父上と諍《いさか》いを起こさせてしまい、こちらの方こそ申し訳ありません」

「そんなことはありません。言い争いをしてしまったのはわたしたちです」

先ほどのディアナの言葉から薄々事情を察してくれたのか、その他のことは深く聞いてこないヨルゲンにほっとしていると、ファルグが後ろから抱え込むようにのしかかってきた。

「きみの父親は相当な神獣嫌いのようだな。あれじゃ、許可書を偽造してまで、きみをどうにかして神獣騎士にさせようと画策する奴《やつ》がいるのもわかるな」

呆れたように言われ、ディアナが何ともいえない複雑な気分でいると、ヨルゲンが躊躇《ためら》いがちに口を開いた。

「私が口を挟むのは差し出がましいですが……。ハーヴィスト辺境伯はあまり名声を望まれるような方ではないはずです。お立場上、色々と事情もあるでしょうし、貴女《あなた》を蔑《ないがし》ろにしているわけではないと思いますよ」

「……そうかもしれません。ご忠告、ありがとうございます」

ヨルゲンの言葉を信じたいが、どうしても父とのこれまでの関わりや先ほどのやり取りを思うと、すんなりと受け入れにくい。

曖昧《あいまい》な笑みを浮かべたディアナは、心配そうな表情を浮かべたヨルゲンと困ったように微笑《ほほえ》むアランに退出の言葉をかけてから、執務室を後にした。

執務室を出たディアナはふっと肩の力を抜くように息を吐いた。

（お父様にあれだけ言い返したのは初めてだったけれども……）

――ディアナ、それは違う。私は……。

ふと、必死さも垣間見えた父の顔を思い出したが、打ち消すように軽く頭を振った。白い炎を吐いて黒い狼の姿に戻ったファルグを見下ろす。

「行きましょうか。次はお医者様の診察です」

昨日は意識を失わなかったが、それでも体に力が入らず立てなかったのだ。念の為、診察に来るようにと言われている。

(神獣騎士を続けるなら、体調は万全にしないと)

意気込んで歩き出したディアナだったが、ふとファルグがついてこないことに気付いて振り返った。ファルグは扉の前から動いていなかった。耳をそばだてるような仕草に少しだけ不審に思いつつ声をかける。

「どうかしましたか?」

『いや、別になんでもない。――それより、診察中は外に出ているからな。あそこは薬臭くて鼻が曲がる』

文句を言いつつ傍《そば》にやってきたファルグと共に、ディアナは医師の待つ施療院へと向かった。

＊＊＊

ディアナが診察室に入るのを見届けると、ファルグはすぐさまヨルゲンの執務室に取って返し、人間姿となってノックもせずに扉を開いた。

「おい、さっき私たちが出ていってからしていたお前たちの話を詳しく聞かせろ」

突然乱入してきたファルグを警戒し、迎え撃つように翼を広げるクヴィと長椅子に座るアランの傍で小さな雷を纏《まと》わせて威嚇《いかく》してきたスヴァルを無視し、ファルグはつかつかとヨルゲンがつく執務机まで歩み寄った。

「ディアナさんはどうしたのですか？」

「医者の診察中だ。すぐに戻る。簡潔に話せ」

驚きもせずに問いかけてきたヨルゲンに詰め寄ると、神獣騎士団長はにこりと笑った。

「それを聞いてどうするのです」

「ディアナから聞いた事実と違う。それが本当のことなら、教えてやってもなにも支障はないはずだ」

先ほど、扉越しに聞こえたヨルゲンとアランの会話は、ファルグがこれまでディアナから聞かされていた事実とは異なるものだった。

（ディアナが勘違いしているのか？　もし意図的に知らされていなかったのなら、なぜだ？）

基本的にディアナは前向きだ。いつだって楽しげで、呆れるほどにやる気に満ちている。それでも父親に向けて感情を爆発させたように、心の中では複雑な思いを抱え込んでいるのだろう。ただそれは、その異なる事実を知っていれば、抱えることのなかった感情だ。それを考えると、腹の奥からじわりとした怒りがこみ上げる。

「――誰かに口留めでもされているのか？」

「いえ、箝口令《かんこうれい》が敷かれていたわけではありません。当時神殿に所属していた方なら、誰でも耳にしたことがあるでしょう。――ただ、ハーヴィスト辺境伯の手前、口にするのが憚《はばか》られるようになっただけです」

「それなら教えろ。ディアナが親の噂に振り回される羽目になった原因をな」

視線を落としたヨルゲンはしばらく黙っていたが、やがて机に置いていた手を組み直すと、ようやく口を開いた。

「ディアナさんのお母上は神獣に契約を切られたと噂されていますが……。本当はご自分から切ってほしいと頼んだのですよ」

静かに告げられた言葉に、ファルグは凄《すご》むように睨み据えていた目をゆっくりと眇めた。

＊＊＊

『お前、ディアナ嬢ちゃんの為にヨルゲンに話を聞きにくるなんて、ディアナ嬢ちゃんにのめりこみすぎじゃねえか？』

ファルグがヨルゲンから話を聞き終え執務室から出ると、主に使いを頼まれて共に出てきたクヴィが呆れたような視線を向けてきた。

「半身にのめりこんで何が悪い」

クヴィのお喋《しゃべ》りに付き合っている暇などないとばかりに、ディアナの元に一刻でも早く戻ろうと足を進めると、白梟は大げさに羽ばたきをしながらついてきた。

『半身？　半身って言ったのか？　半身候補じゃないのかよ。おいおいまじか……。本気で半身にするつもりかよ。早死にするぞ』

「お前もスヴァルも早死に早死にとうるさいな。少し短くなるくらいだ。私の寿命をディアナに分けると思えば、別に嘆くようなことじゃない」

たったそれだけでディアナと生涯共にいられるのなら、安いものだと思う。

『なんでそこまで惚《ほ》れてんだよ。誰かの為に尽くすなんて、自由気ままなお前らしくねえじゃねえか』

「――私の方が聞きたいくらいだ」

半身にするような行動をしている、と指摘されてから、あまり深入りしないようにしようとしたつもりだったが、気付けばハーヴィストの領地へ行く約束をし、出るつもりのなかった祝祭に出ることになり、父親が家に連れ戻そうとするのを引き止めていた。自分の元主への非情な所業をディアナが知っていた上に、その理由まで言い当ててきたのには心底驚いたが、悪い気はしなかった。そればかりか報われたような気さえしたのだからどうしようもない。

そこまでディアナに心を動かされながらも、半身にするには躊躇いがあったというのに。

「――……ディアナが救われた、などと言うからだ」

救ったつもりなど全くないというのに、ディアナにとって自分は救った存在なのだと思うと、面映ゆいような誇らしいようななんとも言えない嬉《うれ》しさがこみ上げてきた。

それまでもディアナの言動に一喜一憂し、半身の香りに惑わされているのだと抵抗していたのが、馬鹿らしくなるくらいだった。

『……ああ、あれはなあ。そうそう言われるような言葉じゃねえよな。ディアナ嬢ちゃんの状況じゃ、出てくるよな』

わかる気がするな、と漏らすクヴィにお前にわかってたまるかと言い返したくなったが、それよりもディアナの診察が終わり、ファルグの姿が見当たらないと心配するかもしれないと思うと気が急《せ》いだ。

ふうっと白い炎を吐いて黒い狼姿になると、クヴィが頭を押さえつけるように着地する。

『半身にするならするで、わかってんだろうな。ちゃんとディアナ嬢ちゃんに同意の返事を貰ってから半身にならねえと、お前の力に耐えられなくて死ぬぞ。お前も半身を永遠に失って狂うか魔獣化だ』

『ディアナを死なせたいわけがないだろう。そんなことくらいわかっている』

『本当にわかってんのかよ。絶対にうまいこと言いくるめて勘違いなんかさせるなよ』

頭を振って振り落とそうとしたファルグは、ぐっと押し黙った。

『……そんなことはわかっている』

『……今、ちょっと間がなかったか？　おいおい、半身にするって決めた途端にどう接していいかわからねえなんて言わねえよな？』

『…………』

『そこで黙るのかよ！』

頭の上で地団駄を踏むクヴィをファルグは今度こそ振り落とした。

（私が急に態度を変えたら、余計に警戒されるじゃないか）

今までが今までだ。ぐいぐいと迫っても紳士的にふるまってもディアナはなおさらファルグの想《おも》いなど信じてくれないだろう。自業自得とはいえ、頭を抱えたくなる。

（ひとまず、ディアナの悩みを解決できれば、少しは私のことを考える余裕ができるか？）

背後でぎゃあぎゃあと文句だか抗議だか騒いでいたが、ファルグは無視して先を急いだ。

＊＊＊

地母神の祝祭も間近になったある日の正午。

祝祭で身に纏う神獣騎士の正装が仕上がったと呼ばれ、ディアナは神殿の一室を借りて試着をさせてもらっていた。

「どうですか？　何か要望があれば聞いてくれるそうです」

仕立て屋の女性に手伝ってもらい、衝立《ついたて》の陰で着替えたディアナは、部屋の片隅で待っていた黒い狼姿のファルグによく見えるように少し腕を広げてみせた。

白地に金の縁取りがされた丈の長い騎士服に乳白色の手袋を嵌《は》め、肩には光沢のある灰色のマントをかけている。その所々にはビーズのように砕かれた透明な彩光石が刺繍《ししゅう》の合間に幾つも縫い付けられていて、見た目は華麗だがずっしりと重い。

ファルグと契約する前は日常から五、六個ほどの彩光石をつけていたが、おそらくそれ以上の個数を使っているだろう。

ディアナの問いかけにもファルグは無言で尾の先でさえも微動だにしなかった。ただディアナを見上げてくる黄金の双眸《そうぼう》がきらきらと輝いているようにも見えるのは気のせいだろうか。

ファルグの沈黙にとうとう耐えられなくなったディアナは抗議の声を上げた。

「何か不満があるのなら、早く言ってください」

『――よく、似合っている』

「え？　ありがとうございます」

褒められるとは思わなかったが、素直に嬉しくて礼を言うとファルグはなぜか小さく唸《うな》った。

『だが、それで歩けるのか？　自分の足で都中を回るんだろう』

「大丈夫です。意地でも歩きます」

できるとばかりに足を踏み出してぐるりと部屋を一周して見せる。立っただけでも重かったが、歩くとなると重いマントが揺れて少し不安定だ。

修正してもらおうかどうしようかとディアナが葛藤《かっとう》していると、ファルグが揶揄《やゆ》するように喉の奥で笑った。

『本当に最後まで歩けるのか？　あのごてごてと彩光石をつけた悪趣味な聖錫《せいしゃく》も持つんだろう。この前の旗より重いぞ、あれは』

「神獣騎士が倒れたら国民の皆さんに不安を与えてしまいますから、頑張って歩いてみせます」

ただでさえこの前、王都で瘴気の発生事件があったばかりだ。余計な不安を与えたくはない。

意気込むディアナに、ファルグが仕方がないなというように嘆息した。

『……――よし、わかった。それならそのままにしておけばいい。もし途中でへばりそうになったら――』

ファルグはふっと白い炎を吐いて人間の青年の姿になったかと思うと、ついこの前の父との面会の時と同じく腕に抱えるようにディアナを抱え上げた。視線が上がり、慌ててバランスを取る為にファルグの肩に手を突く。

「こうして抱えて回ればいいか。悪逆非道の神獣ファルグを従えられるのが見せつけられて、逆にいいんじゃないか？　初めからこれでもいいぞ」

いいことを思いついたとばかりに得意げに笑うファルグに、ディアナは大きく嘆息した。

「そんなことをしたら、体力がないのが丸わかりじゃないですか。お父様が絶対に指摘してきます」

「じゃあ、減らせばいい。言っただろう。私は彩光石が多いと居心地が悪いとな。――きみの神獣の為に減らしてくれないか？」

そう言えばディアナが折れると思っているのだろう。ねだるようにディアナを上目遣いで覗《のぞ》き込んでくる表情は精悍《せいかん》な顔をしているだけに妙な色香が漂っていて、わざとだとわかっているもののどきりとしてしまう。

（近い近い近い！）

ぐいぐいと迫ってくるファルグから逃れようと肩を押したがびくともしない。顔を逸《そ》らすと、その耳に吐息がかかった。

「なあ、ディアナ？」

「――っわかりました！　少し減らしてもらいます!!」

半ば叫ぶように言い放つと、ファルグは笑いながらようやくディアナを下ろしてくれた。そうかと思うと、ファルグは部屋の片隅に控えていた年嵩《としかさ》の女性仕立屋を振り返った。

「お前、聞いていたな？　減らしてくれ、とディアナは頼んだ。何を減らすのか、わかっているだろう？」

ファルグに見据えられ、仕立屋が軽く目を見張る。体の前で重ね合わせられた手がわずかに震えているようにも見えた。

（え？　何を、って……）

話が見えず、ディアナが不審に思っていると、ファルグがおもむろに手を掴《つか》んできた。止める間もなく手袋を外されたかと思うと、そのまま放り出された。手首の辺りに縫い付けられていた彩光石がカツンと音を立てて落ちる。

「放り出さないでください。せっかくわたしに合わせて作っていただいたんですから……」

慌てて拾おうとしたがファルグに手を掴まれたままでしゃがめず、抗議の意味を込めて軽く睨むと彼は皮肉気な笑みを浮かべた。

「そうだな。きみだけの為に作られた物なんだろうなあ。彩光石がこれだけついていれば相当な効果だ。――それが全て本物ならな」

「……どういうことですか？」

不穏な気配に、ディアナは緊張しつつ聞き返した。仕立屋の方に目をやると、彼女は青ざめ唇を引き結んでいた。ファルグがふん、と鼻を鳴らす。

「この服についている彩光石は、半分くらいはただの宝石だ。手袋の方は全部偽物だな。――なあ、お前、まさか祝祭の正装はこれが通常仕様だとは言わないだろうな」

ファルグが睥睨《へいげい》すると、仕立屋は肩を震わせながら口を開いた。

「は、はい、通常は全て彩光石でお作りいたします。こ、今回は彩光石を減らして普通の宝石を使い豪華に見えるように、とのご指示をいただいて……」

「へえ……ご指示、か。それでディアナが重いから減らしてくれ、と言ってきたら彩光石の方を減らせ、とでも言われたか？　そうすると瘴気を払う効果が全くない正装の出来上がりだな」

図星だったのか、仕立屋が顔面蒼白《そうはく》になる。

（祝祭が失敗したらどうするの？　わたしはそんなに目障りなのかしら……）

この前のディアナを神獣に襲わせた緑の犬の神獣騎士は自分がしたことを認め、しばらく謹慎処分となったが、他にもディアナが気に入らない人間がいるのかと思うと、衝撃というよりそんなことをして何になるのだという疑問が浮かんだ。戸惑うディアナをよそに、しかしファルグの追及は止まらなかった。よほど腹立たしいのか、ディアナの腕を掴んだ手に力がこもる。

「その様子だと、お前はディアナが彩光石がないと駄目だとわかっていてやったな。いやがらせをするにもほどがある。——誰の指示だ？」

　仕立屋はあえぐように唇を開閉させた。

「……っお許しください！　やらなければ神殿御用達店の証《あかし》を取り消す、と脅されて……」

「そんなことは知るものか。私は誰の指示だ、と聞いているんだ。ディアナの場合は悪戯《いたずら》じゃ済まされないんだぞ。お前、私を怒らせる覚悟はあったんだろうな？」

　ファルグの口元から赤い炎がわずかに噴き出す。怒りそのままの炎の色を見て、ディアナは必死にその腕にしがみついた。

「力を使ったら駄目です！　その方も脅されていたと言っているじゃないですか。やめてください」

　どうにか怒りを収めようと言い募ると、ファルグはじっとディアナを見下ろしてきた。その黄金の双眸にはぎらつくような怒りが燻《くす》ぶっている。

（いつもの余裕のある怒り方じゃない）

　ディアナの命が脅《おびや》かされたのはこれまでにもあったが、ファルグがここまで感情を露《あらわ》に怒ることはなかった。

「その方よりあなたの方がわたしを試したり、けっこうなことをしていたと思います。まだ実際に起こっていないんですから、責めないでください」

少しだけ恨みがましい視線を送ると、ファルグは視線を逸らしたがそれでも尊大な態度を崩さなかった。

「起こっていなくても、祝祭を失敗させてきみを貶めようとしたことに変わりはないだろう」

「わたしが貶められなければいいんですよね。それなら……」

少し考えたディアナはファルグの腕を離すと、倒れないのが不思議なくらい青ざめた仕立屋を振り返った。

「あの、指示通りに彩光石の方を減らしてください」

ぎょっとする仕立屋を安心させるようにディアナが笑いかけると、当然のごとくファルグが咎めてくる。

「きみは何を言っているんだ？　無茶なことを言うな」

「無茶じゃありません。減らした代わりにファルグがハーヴィストの屋敷から持ってきた彩光石をつけます。そうすればわたしも最後まで歩けますし、指示した方もぎりぎりまで計画が成功したと信じ込むと思います。仕立屋の方も指示通りにするんですから、責められません」

屋敷に返しそびれていたのが幸いだった。ファルグが持ってきた彩光石の中には原石だけではなく普段使いの装飾品も交じっていた。つけてもそれほど目立たないだろう。これならうまく悪意を躱《かわ》せるとばかりに軽く胸を張る。

「それに、あなたがしっかり瘴気を払ってくれると信じていますから」

　真っ直ぐにファルグを見上げると彼は渋面を浮かべたが、やがて声を上げて笑い出した。

「ははは、きみは……本当にお人よしを通り越して馬鹿じゃないか」

「騙《だま》すんですから、お人よしでもないと思います」

「——それもそうだな。……よし、きみの案に乗ろう」

　不敵な笑みを浮かべたファルグが仕立屋を振り返る。話の流れについていけなかったのか、ぽかんとしていた仕立屋が慌てて身を竦《すく》めた。

「きっちりとお前の役目をこなせ。もしこっちが気付いていることを指示した奴に悟らせたら、その時は——わかっているな？」

　やはり脅すファルグにディアナはこれさえなければ、と溜息《ためいき》をついた。

　無言で何度も首を縦に振った仕立屋は、ディアナが衝立の陰で正装を脱いで渡すと、そそくさと立ち去ろうとした。そこをファルグが思い出したように呼び止める。

「おい、待て。指示した奴が誰だか教えろ」

「ひっ、あのっ、それは……」

「この期に及んで、言えないのか？」

　凄むファルグに、上着の袖《そで》に腕を入れかけていたディアナは慌てて衝立の陰から飛び出した。

「ファルグ、そんなに脅し――」

「……神官長様です！　神官長様の使いの方から、そうご指示をいただきました」

威圧に耐えかねたのか、半ば呻《うめ》くように仕立屋が名前を告げる。

予想もつかなかった名前にディアナは困惑気味にファルグと顔を見合わせた。

「神官長様、って……。でも、あの方は神殿狩人《かりゅうど》を統括している方です。そんなことをするとは思えません」

ふと、いつもは来ないという食堂で顔を合わせた神経質そうな顔立ちの女性神官長を思い浮かべる。

「……きみの父親の許可書の件もあの女経由じゃなかったか？　――ああ、もういい、お前は行け」

ちらりとファルグが視線を送ると、仕立屋は一礼し、逃げるように部屋から出ていった。

「ヨルゲン団長に報告をした方がいいですよね」

上着を羽織りながら窓の外に目を向ける。任命式をした聖堂の尖塔《せんとう》が今日も荘厳な様子でそこにあったが、近寄りがたさというよりもよそよそしさを感じてしまったのは、自分の心もちのせいなのだろうか。

「その方がいいだろうな。どうも、ただのいやがらせや悪戯じゃなさそうだ」

「わたしが祝祭に失敗すると、書庫の封印が解けてしまうかもしれませんよね。何か神官長様にとって利益になることがあるんでしょうか？」

ディアナは眉を顰めて唇を噛みしめた。

「さあな。ただ、きみも言っていたじゃないか。祝祭で歩ききれれば何の問題もないだろう。報告だけして、きみはきみのやることをやればいい。心配はするな」

見たことがないほど穏やかな笑みを浮かべたファルグが、ぽん、と軽くディアナの頭を叩《たた》いてくる。そんな風に優しく接してもらった覚えがなく、ディアナはきょとんと目を瞬《まばた》いた。

「なんだ？　変な顔をして」

「いえ……あなたがそんな風に励ましてくれるなんて思わなかったので、驚きました。誰かに頭を撫《な》でられるのも初めてなので……。こんな風に嬉しくなるんですね」

ファルグには頭に顎《あご》を押し付けられたことがあるが、あれは痛いし重い。何だか新鮮な気分だ。

つい笑みが浮かんでしまうと、ファルグの顔に朱が走った。何かを言いたげに唇がわなないたが急に身を引いたと思うと、片手で顔を隠してしまった。ただ、ディアナの頭に乗ったままの手は撫でるのをやめない。

「あの、ちょっともうそろそろ……止《や》めてくれませんか」

髪が乱れるのもお構いなしに撫でてくるので、手を掴もうとすると、ファルグはそれをするりと避けて両手でディアナの頬を挟んだ。

「私に撫でられて嬉しがるのはきみぐらいだ。きみが撫でろというのならいくらでも撫でてやる」

全くからかう素振りも、芝居がかった調子でもない慈しむような声音にディアナが大きく目を見開くと、額にファルグが自分のそれを押し付けてきた。向日葵《ひまわり》の虹彩《こうさい》が間近に迫る。

「だから、きみは……どんな理由があっても私と契約を切りたい、なんて言うなよ。私にきみの命を奪わせるな」

こちらを見つめる目には懇願と……そして、どういうわけか怯《おび》えがある。

「……どうかしましたか？　今日は、何だかいつもと違います。口に合わない瘴気でも食べましたか？」

今日はやけに感情的だ。不審そうに見つめていると、ファルグは小さく笑って押し付けていた額を少し離したかと思うと、ごつんと額をぶつけてきた。

「——っ⁉」

「きみが半身になると言ってくれれば、いいんだがなあ」

困り切ったように眉を下げてはいるものの、拗《す》ねたような口調はいつものどこか余裕があって飄々《ひょうひょう》としているファルグだ。

（……もしかしてからかっていただけ？　ああいう演技をしていただけなの？）

少しだけ引っかかりを覚えたが、ディアナから離れて皮肉気に笑うファルグに、額を押さえながら講義の声を上げた。

「そんな風に拗ねても、頭をぶつけてくるような方の半身にはなりませんから」

「知らないのか？　頭をぶつけるのは神獣の愛情表現だぞ」

「……騙していませんか？　体を摺《す》り寄せたりするのはそうだって聞いたことがありますけれども、頭をぶつけるのがそうだなんて聞いたことはありません」

「へえ、きみはそう思うのか」

悪戯っぽく笑うファルグは、本当のことを言っているのか嘘なのか全くわからない。すっかりいつもの調子を取り戻したファルグに、ディアナは小さく溜息をついた。

「とりあえず、ヨルゲン団長に報告に行きましょう」

上着のボタンを留めて、さっさと部屋から出ると神獣騎士団長の執務室に向けて歩き出す。

(ヨルゲン団長に神官長様のことを報告をして、わたしが仕立屋の方に提案したことを伝えて……。認めてもらえなかったら、他に別の……)

ファルグが後ろからついてきているのを感じつつ、そんなことを考えながら足を進めていた時だった。

『──待て。妙な臭いがするぞ』

いつの間にか黒い狼の姿に戻ったファルグが行く手を阻むように前に出てきた。

緊迫した様子に、ディアナは警戒するように足を止めた。そうして嗅《か》いでみたが自分の鼻では感じ取れない。

「瘴気の臭いではないんですか？」

『似ているが……。違うな』

軽く上向き、鼻をひくつかせたファルグは首を巡らして黄金の目を眇めた。

『――ディアナ、私からなるべく離れるな』

ぼそりと呟いたファルグが踵を返す。ディアナは慌ててその尾を追いかけた。

早くもなく遅くもなくファルグが迷いなく向かう方角に気付いたディアナははっとした。

（書庫の方よね？　まさか……聖遺物の封印に何かあったの!?）

ファルグに問いかけようと口を開きかけたディアナは、ふと前方に見覚えのある栗色《くりいろ》の髪の青年がなぜか床を見つめながら歩く姿を見つけて思わず声をかけた。

「エリアスさん！」

「――っ、驚いた。ディアナ君か」

大きく肩を揺らしたエリアスは、驚愕《きょうがく》の表情を浮かべてこちらを振り返った。しかしその傍にはいつもいるはずの赤毛の馬の神獣レイズルの姿はない。

少しだけ不思議に思ったが、それよりもどことなく顔色の悪いエリアスの様子の方が気になった。

「何か落とし物でもしましたか？」

「いや、そうではないんだ。床に瘴気のようなものが見えて、追ってきたところなのだが……」

エリアスが足元に視線を落とす。

ファルグが妙な臭いと言い、瘴気が見えるエリアスにも瘴気のようなものが見える、となると正体が何なのかますますわからなくなる。

「レイズルはどうしたんですか？　瘴気に似たものなら傍にいないと危ないと思います」

「――少し、使いに出てもらっている」

何でもないことのようにさらりと言われたが、青い瞳《ひとみ》が揺れていることに違和感を覚えたディアナはついファルグに視線をやってしまった。するとファルグはぱたんと尾を一振りし、宥《なだ》めるようにディアナの手の下へと頭を潜り込ませてきた。

『そのお坊ちゃんのことより、きみ自身の心配をしろ。主に危険があればあの主至上主義の駄馬のことだ。どこにいても駆けつけるんじゃないか。――それよりこっちだ』

再び歩き出したファルグの後を追い、ディアナはエリアスと連れ立って歩き出した。

（レイズルと何かあったの？　まさかこの前の書庫でのことで何か意見の食い違いでもあったのかしら……。それとも紛失した報告書で何かあったとか）

神獣騎士は瘴気を集めるということをどう思っているのか、報告書の紛失の件はどうなったのか等々、気になりはしたもののさすがに聞けるわけがない。

ディアナが悶々《もんもん》と悩んでいると、ふいにエリアスが話しかけてきた。

「ファルグは……本当にディアナ君に懐いているな。契約当初よりは大人しくなったようだ」

「そうでしょうか？」

「ああ。ハーヴィスト辺境伯が貴女を連れ戻しにきた時には、怒ったファルグが神殿を破壊するのではないかと、他の皆と恐れていたのだが……。それがなかったのに驚いた」

苦笑するエリアスを見て、ディアナは目を瞬いた。

「そんな風に思われていたんですね。知りませんでした」

食堂での件があるのだ。そんな風に思われても仕方がない。

「ファルグの主として問題なく勤めているようで、僕も安心している」

「問題なく、とははっきり言えないかもしれませんけれども、ちゃんと主に見えているのなら嬉しいです。ファルグは好みの瘴気を集める食料庫だから契約したみたいですし」

『……きみはまだそれを言っているのか』

先を歩くファルグが恨めしげにちらりと振り返る。

「事実じゃないですか。それに――」

ファルグに言い返しかけたディアナは、ふと傍らを歩くエリアスが沈黙してしまったことに気付いて慌てて言葉を止めた。

「ええと、あの……」

沈んだ様子にも見えるエリアスに、食料庫だなど、配慮のない言葉だっただろうかと心配になってくると、エリアスは細く息を吐いた。

「――レイズルも、食料庫だと見ているのだろうか」

ディアナは反射的に叫んだ。

「レイズルは違うと思います！　いつもエリアスさんのことを一番に考えていますし、ファルグと違ってちゃんと指示を聞いてくれますし、ファルグと違って丁寧に接していますし――」

『なあ、私の評価が酷《ひど》すぎやしないか。事実だが』

「そうです、事実です。でも、それがファルグですから、わたしは気にしていません。少し困ることもありますけれども、楽しいです」

『……そうか』

ファルグはそっけなく前を向いてしまったが、その尾は嬉しいのか機嫌よく揺れている。褒めたつもりはないが、なぜか照れているようだ。

ディアナたちのやりとりに、エリアスが力なく笑った。

「……本当に仲がよくて羨《うらや》ましい。――そうだな。ディアナ君の言う通りだ。ありがとう」

礼を言われてしまったディアナは小さく首を横に振った。

（もっと気の利いたことが言えたらよかったわ……）

ああいう言葉が出てくるとなると、エリアスは神獣騎士の事実を知ってかなり打ちのめされているのかもしれない。レイズルが傍にいないのも、その辺りの複雑な感情のせいなのか。

エリアスが会話を終了してしまったので、ディアナは仕方なく口を噤《つぐ》んで足を進めた。

すれ違う人々が下を見て歩くファルグとエリアスを怪訝《けげん》そうに見てきたが、それでも歩みを妨げようとする者はいなかった。しばらく歩いていくにつれ、やはりファルグは書庫に向かっているのだとディアナが確信を持った時だった。

『あれは……』

ファルグの足が書庫の扉が見え始めた辺りで止まった。後ろを歩いていたディアナはその視線の先を見て、はっとした。書庫の扉の前に、神獣騎士の制服を着た男性が倒れていたのだ。

「──大丈夫ですか!?」

慌てて駆け寄ったディアナは、見覚えのある神獣騎士だと気付いて目を大きく見開いた。

「この方って……。緑の犬の神獣を連れていた方……。謹慎処分になっていたはずですよね?」

ディアナに嫌味を言ったり、魔獣化させた小さな神獣たちをけしかけてきた神獣騎士だ。膝をついてその肩を揺さぶろうとしたディアナだったが、それを遮るようにファルグが間に割り込んできた。苛立《いらだ》っているのか尾を床に打ち付ける。

『触るな。こいつ、瘴気まみれだぞ』

「ファルグの言う通りだ。うっすらと体中を瘴気が覆っている。ディアナ君は触れない方がいい。どこでこんなにつけてきたのだろうか」

険しい表情で辺りを見回したエリアスの視線が、書庫の扉へと向けられる。嫌な予感にディアナは眉を顰めた。

「まさか、書庫の封鎖が解かれたわけじゃありませんよね」

『解けてはいないな。解かれたらクヴィがすぐに気付く。——にしても、こいつの神獣がいないな』

ファルグの指摘にディアナもようやくそれに気付いた。緑の犬の神獣の姿が確かにない。

「神獣に何かあったんでしょうか」

『さあな。だが、契約を切られたわけじゃなさそうだぞ。対価の足がある』

ぎょっとしてしまい、つい自然と視線が倒れている神獣騎士の足に向く。ファルグは対価場所がわかるというのも驚きだったが、しっかりとあることにほっとしてしまった。

(本当に何があったの？)

首を傾げていると、傍らに膝をついて同じように神獣騎士の様子を窺《うかが》っていたエリアスがおもむろに立ち上がった。

「とりあえず、僕はヨルゲン団長に報告してこよう」

「お願いします」

頷いたエリアスが踵を返し、駆けて行きかける。——と、その背中に、どこから飛び出してきたのか緑の犬の神獣が躍りかかった。

「危ない！」

ディアナは咄嗟《とっさ》にエリアスを突き飛ばす勢いで飛びついた。

『ディアナ！』

ファルグの叫びが耳を打つ。それとほぼ同時に緑の犬の神獣がディアナの肩に食らいついた。

「――っ！」

悲鳴とも呻き声ともつかない声が喉の奥から漏れた。痛いというよりもまるで焼き鏝《ごて》でも当てられたかのように熱い。しかしそれはすぐに底冷えのするような悪寒へと変わった。はっと息を漏らしたディアナの左肩に食らいついた緑の犬の神獣がいつもの綺麗《きれい》な毛並みではなく、所々毛が抜け落ちているのに気付く。うっすらと瘴気のすえた臭いが鼻をかすめた。

（なに、これ……）

主のいる神獣が人を襲うことなどありえない。

疑問と混乱と、そして悪寒におかしくなりそうだ。

『――私の主を離せ！』

ディアナはファルグの怒声を耳にすると、遠のきそうになる意識を必死に繋《つな》ぎ止めて声を上げた。

「……っだめ」

ここで力を使っては、聖遺物の封印が解けてしまう。

ディアナが止めるように掌を突き出すと、ファルグは青い炎を吐くのを止め、代わりとばかりに緑の犬の神獣の体に噛みついた。

短くギャン、と緑の犬の神獣が鳴いた拍子にディアナから離れる。

瞬時に書庫の扉を見やったディアナだったが、封鎖されていた書庫の扉がわずかに開いているのを見て、背筋が冷えた。

(……開いた？　聖遺物の封印が――)

がくん、と体から力が抜けた。薄れる意識の向こうで、人間の姿になったファルグが狼狽《ろうばい》した様子で必死に手を伸ばしてくる。

(どうしてそんな顔をするの……？)

ディアナは意思とは関係なく下りてくる瞼《まぶた》に抗えず、そのまま目を閉ざした。

＊＊＊

「――ディアナ！」

意識を手放したディアナが床に頭を打ち付けそうになるのを、危ういところで受け止めたファルグは、ぐったりと力の抜けたその細い体をきつく抱きしめた。緑の犬の神獣に噛まれた傷跡に瘴気にも似た緑交じりの黒い靄《もや》が纏わりついているのを見て、苛立ちが募る。

「お前、よくも……」

一度はディアナの言葉で抑えた力が怒りとともに溢れ出しそうになったが、振り返ったファルグはそこに緑の犬の姿もその主の姿もないことに気付いて、眉を顰めた。

忌々しくもディアナに庇《かば》われて傷一つ負っていないエリアスが顔を強張らせ、書庫の方を見据えている。

「……ファルグ、あの者たちが中に」

「聖遺物に引き込まれたみたいだな」

開いた書庫の扉の隙間《すきま》に引きずられたような跡がある。扉の端には緑の被毛と、神獣騎士の服の切れ端が引っかかり、書庫の中から外へ向けて吹くかすかな風に揺れていた。

「聖遺物があいつらの瘴気に反応して書庫の封鎖を破ったんだ。……まだ封印は解けていないのに、これとはな」

聖遺物は相当な力を持っているようだ。

（書庫の封鎖を解く為に、誰かがあいつらを置いたのかもしれないな）

怒りにも似た好戦的な感情がふつふつと湧いてきたが、ふわりと半身を示すリラの香りが鼻先をかすめ、それに混じるすえた瘴気の臭いに我に返る。

ディアナを早くここから離さないと、同じように引きずり込まれるかもしれない。傷に瘴気もどきがついたままだ。痛々しいその姿を見ると、胸の辺りが掴まれたように息苦しくなり、慣れない感覚にさらに苛立った。

血の気が引いて青白い顔をしたディアナを抱え書庫から離れようとしたファルグだったが、ふとその足を止めた。

『――てめえ、封鎖を破ったたな！』

けたたましい声と共に矢のような速さですっ飛んできた白梟の神獣を払い落としたファルグは、書庫の扉を半ば蹴《け》るように勢いよく閉めた。そうして床に落ちたクヴィを睥睨する。

「ヨルゲンから搾り取れるだけ瘴気を貰ったら、死ぬ気で封鎖しろ。次にここが開けば、封印が解けていなくても被害が広がるぞ」

少し遅れてやってきたヨルゲンが、目を回しているクヴィをつまみ上げていつものように肩に乗せた。

「何があったのですか？」

すぐさまその艶《つや》やかな髪を啄《ついば》み始めたクヴィを尻目に、ヨルゲンが立ち去りかけたファルグを振り返って問いかける。その拍子に、首の後ろに羽を広げた鳥の紋章が見えた。

「そっちの、神獣が散歩に出たままのお坊ちゃんに聞け。私は主の言いつけ通り力は使っていないからな」

未《いま》だにレイズルが姿を見せないのを皮肉ってやると、エリアスが言い返す言葉もないのか唇を引き結んだ。

それだけで済ませてやったのが我ながら寛容になったものだ、と思いつつファルグは腕に抱いたディアナを揺らさないようにそっと抱き直した。

＊＊＊

ほんのりとした温かさが体を包み込んでいた。

このまま微睡《まどろ》んでいたくなるような温もりをもっと感じたくて、ディアナは程よく柔らかくて温かいそれに手を伸ばし、きつく抱きしめた。ふわりと嗅ぎ慣れてしまった香りが鼻先をかすめる。

(ああ、ほっとする……)

身に纏わりつく瘴気を全て消してしまうような爽《さわ》やかで清々《すがすが》しいこの香りは、森の香りだ。

寝心地のいいそれになおさら頭を擦りつけたディアナだったが、水面に顔を出すかのように段々と意識がはっきりとしてきたことで、ふと我に返った。

（……あれ？　わたし、緑の犬の神獣に噛まれて……）

多分、あのまま意識を失ったのだ。

焼き鏝を当てられたかのような熱さにも似た痛みと寒さはほとんど感じられない。重い瞼をゆっくりと開けると、視界一杯に広がったのは艶やかな夜空色の毛並みだった。

『――起きたと思ったら、私を絞め殺す気か？』

ふいに耳の側で少し面白がるような声がした。

「……ファルグ？」

顔を上げたディアナは、自分が抱き枕のごとく抱きしめていたのが黒い狼姿のファルグだったことに気付いて、軽く目を見開いた。そうしてはっと思い出す。

「――っ書庫の扉が開きましたよね!?」

『大丈夫だ。クヴィが閉めた。次に開いたらどうなるかわからないがな』

ふん、と苛立ったように鼻を鳴らしたファルグに慌てて起き上がろうとしていたディアナはほっと胸を撫で下ろした。

「あの神獣と神獣騎士の方は……」

噛みついてきた緑の犬の神獣の様子は尋常ではなかった。瘴気に侵された小さな神獣とは少し違う姿を思い出し、わずかに背筋が冷える。

『あれは半分魔獣化していたな。どうなったかは知らん』

「魔獣になりかけていたんですか……」

『そうだ。あいつらが何をやらかしていたとしても、自業自得だ。ヨルゲンたちが片付けるだろう。それより、肩は痛くないのか？』

うまくはぐらかされたような気もしたが、ディアナは小さく頷《うなず》いた。

「あまり痛くないです。わたしは噛まれたはずですよね？」

包帯が巻かれているので、手当てが必要な怪我《けが》を負ったようだが、腕を動かしても噛まれたとは思えないほど痛みがない。噛まれた瞬間は熱いと感じてしまうほど痛かったのに。

『噛まれたが、きみの対価は全身だ。体が頑丈になっているからな。だからそれだけで済んだんだ』

どうやら瘴気耐性が高くなっただけではなかったらしい。身体的な能力は上がらなくても、頑丈になっただけでもずいぶんと助かった。

安堵《あんど》の響きが混じる声で教えてくれたファルグの少し硬めの毛並みに額を押し付ける。脳裏には意識を失う前に見た、ファルグの狼狽した表情が浮かんでいた。

「心配しましたか？」

『しないわけがないだろう。噛まれたんだぞ』

怒ったような返事は安心したからこその反応なのだろう。それが嬉しいと思ってしまったのは、少し後ろめたい。

「今度はどのくらい眠っていましたか？」

『あれから大して経《た》っていないぞ。そろそろ日暮れだ。にしても、私が助けてやれるとはいっても、急に飛び出されたら限界があるぞ』

「……はい。すみません。でも、ありがとうございます。ファルグがいなかったら、あんな無茶はできないと思います」

漆黒の毛並みに添えていた手につい力を込めてしまうと、苦しかったのかファルグは少し身じろいだ。慌てて手を離すと、不意打ちに唇の端を舐《な》められる。

「またこんなこと――」

抗議の声を上げようとすると、ふわりと白い炎を吐いたファルグが人間の青年の姿になった。

「――ディアナ、半身になろう」

ファルグは横たわっていたディアナの両脇《りょうわき》に手をついて覆いかぶさってきた。身の危険を覚えるはずだったが、眉間に皺の寄ったその表情は怒りというよりも懇願にも似て、喉の奥に抗議の言葉がつかえたように出てこなかった。

「そうすればきみは怪我をしなくて済む。私はきみの体や心が傷つくのを見ると、腹が立って仕方がない」

「怪我をしなくて済む？　半身になると契約よりもっと瘴気耐性が上がるだけじゃなくて、そんな風に体が強くなるんですか？」

「そうだな。病は無理だが怪我をしにくくなる上、治りが早い。このくらいの傷なら一時間もあれば治る。それに姿が見えなくても、どこにいるのか互いに感じ取れるようになる。きみが窮地に陥ればすぐに駆け付けられるんだ。ついでに寿命も延びる。あちこち見て回るのならば、時間が必要だろう？」

　ファルグは自慢げに笑うが、寝起きのせいか、ディアナは次から次へと明かされる半身の真実についていくのがやっとだった。

「寿命……」

　そこまでいってしまうと本当に普通の人間ではいられなくなる。唖然《あぜん》としたディアナだったが、ふとファルグの顔の向こうに見えた花模様の天井に気付いて、目を瞬いた。

「ちょっと待ってください。ここって……ハーヴィストのわたしの部屋ですよね？」

　見覚えのある天井に、なぜか所々剥《は》がれて壁が修復された跡があるクリーム色の壁紙。使い込まれた机が置かれたこの部屋は確かにディアナが十七年間生活していたハーヴィスト邸の自室だ。

「ああ、そうだ。神殿じゃ力が使えないからな。きみの瘴気を消すのに、ここがちょうどよかったんだ」

　何か問題があるのか、とばかりに告げてくるファルグを見て、ディアナは頭を抱えたくなった。

ファルグは悪くない。ディアナの手当てをしてもらう為にも確かにここは最適だ。ただ、父はどう思っただろう。

（帰らない、って断言したのに帰ってくるなんて、どうなの……。ああ、こんなことをしている場合じゃないわ）

受け入れてもらえたことにも驚きだが、ゆっくりとしているわけにはいかない。

ディアナは覆いかぶさっているファルグの肩を押した。

「手当てをしてもらったお礼を言って、早く神殿に戻りましょう。いつまでもここにいるわけにはいきませんから」

「目が覚めたばかりじゃないか。もう日も暮れる――」

渋面を浮かべたファルグの表情がふっと真剣みを帯びる。そのまま抱き込まれるようにして起こされた。空気を切る音に目を見開いたディアナが見たものは、銀色の槍《やり》の先だった。

「――瘴気を払えたのならば、契約を切ってここから去れ。拒むのなら、お前を討伐する」

静かで、重みのある声が室内に響いた。聞き覚えのある声に、おそるおそるそちらを見たディアナは唇の端を引きつらせた。

（お父様……！　討伐する気満々だわ……）

戸口に、いくつもの彩光石がちりばめられた槍を構えた怜悧《れいり》な面立ちの父の姿を見つけて、息をのむ。

「せっかちな男だな。言われなくても出ていくさ。ディアナと一緒にな」

槍の刃がかすったのか、ファルグはうっすらと赤い線がついた頬《ほお》を歪《ゆが》め喉の奥で笑うと、止める間もなくディアナを抱えて窓の外へと飛び出した。

「――っ!?」

二階にあるディアナの部屋から下へと飛び下りたファルグは、難なく着地すると驚きに声も出ないディアナの背中と膝裏に腕を回して抱き上げ駆け出した。

落ちるのではないかと慌ててその肩から首に腕を回してしがみつくと、ファルグは小さく笑ってさらにきつく引き寄せた。

（こんな、お礼も言わずに逃げるなんて）

恩知らずもいいところだが、口を開けば舌を噛みそうでファルグにしがみついているしかない。

ハーヴィストの庭園は迷路のように入り組んでいる。ディアナが魔獣避《よ》けの草花をあちこちに植えたり、庭師がディアナを楽しませようと様々な木々を植えたりしているので、おそらく他の屋敷の庭園よりも複雑だ。めったに来ない客人や出入りの商人がよく迷子になっている。

「この庭、出て行くのが面倒だな。燃やしてもいいか？」

ファルグが物騒なことを言い出すので、ディアナは激しく首を横に振った。

（駄目です！　せっかくここまで整えた……あああっ、それせっかく根付いた魔獣避けの菫《すみれ》！　そっちは魔獣の胃から出てきた球根から育てた水仙ですっ。二度と手に入らな……踏まないで！）

薄黄色の水仙を植えた花壇を踏みそうになったファルグの胸元を叩いて注意を促すと、ディアナの意図がわかったのかファルグはひょいと飛び越えてくれた。

ほっと胸を撫で下ろしたのも束《つか》の間、なんの前触れもなくファルグが止まった。その衝撃に頭がファルグの肩にぶつかる。

「痛っ……」

「……もう追いつかれたか。きみの父親、身体能力も高すぎないか？」

面倒さを隠しもしないファルグのぼやきを聞きながら、ディアナは槍を構えて行く手に立ちはだかった父に、ごくりと喉を鳴らした。

ほとんどいないとはいえ自邸の庭だ。先回りするのは容易なのだろうが、それにしても早い。

「――もう一度言う。娘と契約を切って、出ていけ」

「契約を切れば、対価を取らなくてもディアナの命は長くないぞ。それでもお前は私を追い払いたいのか」

「瘴気を食べて、いつ魔獣化するかわからない神獣の贄《にえ》に出すよりは、その方がはるかにましだ。討伐されたくなければ、大人しく身を引け」

木々が繁《しげ》る中、父は器用にも槍の穂先をファルグに突き付けた。抱えられていたディアナは思わず息をのんだが、槍を突きつけられたことよりも父の言葉の方が気になった。

「お父様は神獣が瘴気を食べることを知っていたんですか？」

ディアナの問いかけに、無表情だった父の片眉がわずかに揺れた。

「……知っている」

「それなら神獣騎士が瘴気を集める体質だっていうことも知っていますよね。契約を切ればファルグの言う通りわたしの命は長くないと思います。それなのにお父様は……ファルグを追い払いたいんですね」

ディアナの命よりもファルグが魔獣化し、被害を出すかもしれないことの方が重要なのだろう。ディアナのことは早死にしようが、どうでもいいのだ。

怒り、というものは湧かなかった。落胆にも近い空虚な思いが胸を占める。

そんなディアナの憂いを吹き飛ばすように、ふとファルグが肩を揺らして笑い出した。

「そりゃあ、きみ、神獣殺しの汚名を着てまで守った娘がこんな悪評まみれの神獣と契約をしたんだ。追い払いたくもなるさ」

「神獣殺し？　何ですか、それ……。お父様が神獣を殺したって言うんですか」

多くの魔獣を討伐してきた優秀な神殿狩人の父とは結び付かない言葉に、ディアナは信じられない思いで表情一つ変えない父を見た。

ディアナの疑問にも唇を引き結んだままの父に代わり、ファルグが口を開く。

「ああそうだ。あの男は魔獣化したきみの母親の神獣を討伐したんだ。君を助ける為にな」

ファルグは黄金の双眸で真っ直ぐにこちらを見据えると、混乱するディアナの手を取って紋章に口づけた。壊れ物に触れるような口づけだったが、それでも心は乱れたままだ。

「きみの母親は神獣に契約を切られて命を落としたんじゃない。娘と契約をしてほしいと自分から頼んで対価を渡したから死んだんだ。その神獣が魔獣化してきみを殺しかけた。だからあの男は神獣を討伐したそうだ。その当時、神殿は大騒ぎだったとヨルゲンが言っていたぞ」

全く聞いたことのない話の数々に、ディアナは縋るように襟元につけた彩光石のブローチに手をやった。

「……ファルグの言っていることは本当なんですか？」

ディアナが問い詰めるように身を乗り出すと、しばらく微動だにしなかった父はやがて喉から絞り出すような声で答えた。

「――……本当だ」

父が構えていた槍を下ろした。しかしながらその視線は下に落とされ、ディアナを見てはいない。だが、その顔色は蒼白だ。

「お前の命を助けようと調べているうちに、神獣騎士の真実も聖遺物があることも知った。お前が持っている形見の冊子、あれはその時の書きつけだ」

幼い頃《ころ》から心のよりどころにしていた母の唯一の形見の冊子を思い出し、ディアナは心臓がぎゅっと掴まれたように痛くなった。

「聖遺物にまで縋ろうとしたのを、止めた。お前の母は、アイラは……それならば契約を切ってディアナと契約をしてもらうと言って聞かなかった。お前の集める瘴気が合わずに魔獣化した神獣を討伐したのは、確かに私だ」

父の声は淡々としていて感情が混じっていないはずなのに、悲痛な思いが感じられた。

冊子に走り書きのように描かれていた聖遺物の封印の紋章や古語は、ディアナを少しでも長く生かそうとした母の必死な思いの表れだったのかもしれない。

「どうしてそれを……教えてくれなかったんですか」

父が初めて表情を歪めた。

「……私の弱さだ。お前を助けようとした母親が亡くなり、父親の私は神獣殺しだ。何も悪くはないお前が自分のせいだと自分自身を責めるかもしれないと思うと、恐ろしさのあまり言うことができなかった」

ディアナは喉の奥が引きつれるような感覚をぐっとこらえた。

そんなディアナを慰めるように、ファルグが体を抱える腕に力を込めた。

「大丈夫か？　きついならさっさと神殿に戻るぞ」

顔を覗き込んでくるファルグの表情は、珍しくわずかに眉が下がっている。明らかに心配をしてくれているようだ。そんな些細《ささい》な気遣いにほんのりと嬉しくなる。

「大丈夫です。心配してくれてありがとうございます」

ファルグにぎこちなくはあるものの小さく笑い返すと、父が静かに息を吐いた。ディアナは思わずそれに身を固くした。

「私は……そんな優しい言葉の一つもお前にかけていなかったな」

嫌がりもせずにファルグに抱えられていることを咎められるのでは、と恐れていたディアナは少し肩の力が抜けた。

「……わたしを放っておいたのも、何か理由があるんですよね」

ディアナの為に母の死の真相を隠したのだ。ディアナを放置したのも、何か理由があるに違いない。

もう何を聞いても動揺しないでいようと身構えると、父はようやくディアナと目を合わせた。その表情はあまりにも真摯《しんし》で、ディアナは圧されるようにファルグの胸元を掴んでしまった。

「彩光石を得る為だ。魔獣の討伐に常に出続ける代わりに、彩光石を融通してもらう、そういう取り決めを神殿としていた」

「それも……わたしの為ですか」

彩光石がないと日常生活もままならないディアナの為に、父は希少で高価な彩光石を得ようと奮闘していたのだろうか。

こちらを見つめる父の目には、迷いがあるのかわずかに揺れていた。しばらくの沈黙の後、一度目を伏せた父は、ゆっくりと視線を上げた。こちらに向けられた赤茶色の双眸は後悔に満ち溢れている。

「そうだ。……だが、それは私の独りよがりだったのだな。この前、お前が私に疎まれていると思っていると知って、お前の為だからと会話する時間さえ惜しんで魔獣討伐に出向いていたことに、ようやく気付いた。——すまなかったディアナ」

父は歪めた顔を見られたくはないのか、片手で額を押さえた。

ファルグは屋敷が彩光石まみれだった、と言った。ディアナの部屋の壁に修復された跡があったことを思い出す。

(お父様はわたしを疎んでなんかいなかったのに……。わたしはあんなに酷いことを言ってしまったんだわ。だから、それは違う、って言ったのね)

いくら事情を知らなかったとはいえ、あれは言いすぎだった。罪悪感がこみ上げてきたが、それでも初めから全て話してくれればあんなに思い悩むことはなかったのに、というひねくれた思いが、謝罪の言葉を口にするのを躊躇わせた。

「ファルグ、下ろしてください」

言った途端にファルグは不機嫌そうな表情を浮かべたが、それでも黙って地面に下ろしてくれた。そんなファルグの傍らで、ディアナは父と向き合うように立った。

「お父様がわたしをここまで守ってくれていたのは感謝します。——でも、契約は切りません」

「……神獣騎士は契約を切るよりも早く命を落とす可能性が高い。神殿にいればハーヴィストを妬《ねた》み、ファルグを忌避する者に貶められることもあるだろう。それでもか？」

神殿内の内情など知り尽くしているであろう父の案じる声と表情に、ディアナは真っ直ぐにその顔を見据えた。

父は家名が貶められるのを気にしていたのではなく、ディアナが様々な噂や感情で貶められるのを心配してくれていたのだ。話を全て聞いた今なら、そう思える。だが。

「――いつ命を落とすかわからないのはどちらも同じです。それなら体調不良にほとんどならない神獣騎士を選びます。わたしはお母様の名誉を回復して、お父様を見返すのが目標なんです。だから、契約を切って神獣騎士をやめることはしません」

両親から貰った彩光石のブローチを両手で押さえ、はっきりとそう告げると、父はしばらく無言でディアナを見つめていたが、やがて苦い笑みを浮かべた。

「決めたら一直線なのは、母親ゆずりだ」

「……お父様の頑固なところも、少し混じっていると思います」

「――そうか」

眩《まぶ》しそうに目を細めた父に、ディアナは気まずくなってふいと顔を逸らした。するとその視線の先にいたファルグが上機嫌で笑っているのが目に入り、首を傾げる。

「何が嬉しいんですか？」

「思った以上にうまく事が運んで満足しているんだ」

得意げなファルグをまじまじと眺めたディアナは、はっと気付いた。

「もしかして……わたしの瘴気を消す為だけじゃなくて、お父様と話し合いをさせる為にハーヴィストの屋敷に連れ込んだんですか？」

「憂いを晴らしてやると言ったじゃないか。きみが嬉しいと私も気分がいい」

いつだったかの憂いを晴らしてやる、と言った時とは違い、どことなく漂う怖さは感じられず、確かに嬉しそうだ。

（本気でそう思ってくれているの？　わたしの集める瘴気が目当てじゃなくて？）

つい信じてしまいそうになる自分が少し怖くなる。

そんなディアナの顔をファルグが覗き込んできた。

「それに親の問題が解決すれば、今度は私のことだけを考えられるだろう」

ファルグの目が期待に輝く。それはまるでご主人様に褒めてもらいたい忠犬のようにも見えて、ディアナは呆れつつも笑ってしまった。

「素直にありがとうございます、と言いたいのに言いにくいです。でも、ありがとうございます」

「礼より、半身になってほしいんだがなあ」

「……それは、保留でお願いします」

ここぞとばかりに半身の件を持ち出してくるファルグに、少しだけ目を逸らしてそう口にすると、ファルグは期待していた分落胆したのか、大げさに肩を落とした。

「これでも保留なのか。きみは本当に強情――」

「――私の聞き違いか？　半身、と聞こえたが」

唐突に割り込んできた低い声にぎくりとしたディアナは、せっかく柔らかくなった表情を再び硬化させた父を見て青ざめた。

（うっかりしてた！　お父様なら、半身の意味を知っているわよね⁉）

ディアナの命を助ける為にあれこれ調べたのなら、半身は神獣の伴侶《はんりょ》だということくらい知っているはずだ。誤魔化すのは無理かもしれないが、足掻《あが》けるだけ足掻いてみようと、冷や汗をかきながら口を開こうとすると、それよりも先にファルグが喋り出した。

「ああ、そうか。人間は婚姻するのに親の許可が必要だったな。ちょうどいい。ディアナを私の半身にするぞ」

許可を求めているとは思えないほど不遜《ふそん》な態度のファルグに、ディアナは慌ててその腕を掴んだ。

「待ってください。わたしはまだ頷いていません！」

「保留に格上げしたのなら、頷いてくれるのも時間の問題だろう？　先に親の許可を貰ってもいいじゃないか。――私はきみを諦《あきら》めるつもりはないぞ」

あっけらかんと言い切った後、艶っぽく微笑んだファルグは、ディアナの腰を引いて唇の端に口づけてきた。間近にある黄金の双眸は熱をはらみうっすらと潤んでいる。つい顔が赤らんでしまうと、ファルグにさらに抱き寄せられた。怪我をした肩に触れないようにしてくれているのか、その触れ方は優しい。

（自分勝手で、無茶苦茶な行動をするのに……！）

そういう風に接してこられるとそわそわと落ち着かず、鼓動が速くなるのがわかった。

「……ならば、私が許可を出さなければディアナは頷かない、ということか」

静かに口を挟んできた父の声を聞いて我に返ったディアナは恐る恐るそちらを見た。怒っているかと思いきや、父は意外にも薄く微笑んでいた。逆にそれが恐ろしい。

（槍を突きつけられた時の方がまだ怖くないかも……）

ディアナが恐れを抱いたのとは逆に、ファルグは父に向けて鼻先で笑った。

「お前の様子だとディアナが頼めば、簡単に許可を出すんじゃないのか」

「いくら娘の頼みでも、得体の知れないケダモノの嫁になるなど許可を出すことなどありえん」

全く友好的ではない薄い笑みを崩さず、父はファルグを睥睨した。

笑いながら睨み合う一匹と一人をはらはらと見守りながら、ディアナは内心で首を傾げた。

（どうしてファルグはそんなにわたしの返事にこだわるのかしら……。同意がないと半身にな

いように思える。

れなかったりするの？）

そうでもなければ、強引なところのあるファルグがディアナの返事を貰うのに躍起にならな

無言の戦いをしている彼らにこれを言ったらさらに面倒なことになるだろうかと考えている

と、ぴりぴりするような沈黙が唐突に終わった。

ファルグがぱっと父から視線を外し、門の方へと顔を向けたのだ。次の瞬間、瞬く間に白い炎を吐いて黒い狼の姿へと戻ったファルグは、ディアナの頭上を飛び越えて背後に下り立った。

「え……」

鼻につくすえた臭いが漂う。急いで振り返ったディアナは、ファルグが黒い靄のようなものを噛み砕くのを見て、息をのんだ。

（瘴気！　屋敷の敷地内なのに……。まさか、ファルグが彩光石を持っていったから？）

ディアナが住んでいた頃、こんなに濃い色の瘴気は庭に入ってこなかった。濃くて灰色だ。おそらくファルグ曰《いわ》くハーヴィストの屋敷は彩光石だらけだったせいで、瘴気が薄かったのだろう。驚くディアナを尻目に、瘴気を全てのみ込んだファルグが忌々しげに一つ尾を振る。

『――やっぱり、また大量の瘴気が発生したな』

「ファルグは神殿で力を使っていないんですよね？　それなのに……」

『きみを噛んだ神獣とその主のせいだ。あんなに瘴気にまみれていたら聖遺物を刺激するかも

しれないと思っていたが……』

　再び庭の外から流れ込んでこようとする瘴気を青い炎で消したファルグの傍らに、槍を手にしたままの父が立った。

「この瘴気の濃さだと街に魔獣も出ているだろう。私は見回りに行くが……。ディアナ、お前は神殿に戻りなさい。そこの神獣が彩光石を持ち去ったせいで、彩光石が足りない。これからもっと瘴気が流れ込んでくるだろう。神殿のほうが神獣がいる分、まだ安全だ」

「瘴気が大量に出ているなら、神獣騎士が必要になります。私も行きます」

　なぜそんなことを言うのかとばかりに食いつくと、ファルグがディアナの服の裾《すそ》をくわえて引っ張った。

『父親の言う通りにしろ。きみは魔獣化しかけた神獣に噛まれたんだぞ。魔獣に噛まれた奴は傷が治るまで瘴気に侵されやすくなるじゃないか。きみが知らないわけがないだろう』

「もちろん知っています。でも……。――いえ、わかりました。神殿に戻ります」

　ファルグまで止めるということは、ディアナの状態は甘く見てはいけないのだろう。足手まといになってしまうのは嫌だ。

　ファルグの背中に乗せてもらい、その首にしっかりとしがみつく。肩がそれほど痛くないので助かった。

「……気をつけて戻りなさい」

ファルグが走り出す間際、躊躇いがちに父が声をかけてきた気がして、揺れる背中から振り返る。厳《いか》めしい印象の顔は、見ようによっては心配しているようにも見える。

(わたしの気持ちが変わったからなのかも)

疎まれていないとわかり、安堵したからかもしれない。

とはいえ、すぐに態度を軟化できるわけもなく、ディアナは遠ざかる父に表情を引き締めて小さく頷くことで応えた。

第五章　遅い自覚

「何だか様子がおかしくありませんか？」

神殿の近くまで戻ってきたディアナは、数人の神獣騎士や神殿狩人《かりゅうど》、そして神殿を警護する兵士たちが門の傍《そば》にいるのを見て、胸騒ぎを覚えた。

『王都に行く奴《やつ》らじゃなさそうだな』

ハーヴィスト邸から神殿に戻る道すがら、瘴気《しょうき》を払いにいく神獣騎士や魔獣を討伐しに行く神殿狩人とすれ違ったが彼らとはどうも様子が違う。門の傍から動く気配がなかった。

『――ディアナ、あまり抵抗しない方がいいぞ』

様子を窺《うかが》うように耳をそばだてていたファルグが、何を聞いたのか声を潜めて忠告してくる。

「何を聞いたんですか？」

『あいつらが待っていたのは、私だ』

ファルグの言っている意味がわからず戸惑っているうちに門に辿《たど》り着くと、瞬く間にそこにいた神殿狩人たちに取り囲まれてしまった。険しい表情の彼らにただならぬものを感じてごくりと喉《のど》を鳴らす。

「……何でしょうか？」

ファルグの背中から下りたディアナは顔を強張《こわば》らせて、傍らに寄り添う黒い狼《おおかみ》姿のファルグの頭に手を置いた。

「神獣ファルグをしばらく幽閉することになった。神獣騎士ディアナ・ハーヴィスト、ファルグを速やかに懲罰房へ連れていくように」

「幽閉？　ファルグが何をしたっていうんですか」

わけがわからずそれを告げてきた神殿狩人に詰め寄ると、父よりも少し年下に見える神殿狩人は険しい表情を崩さぬまま、警戒するように腰に下げていた剣に手を添えた。

「今現在発生している王都の瘴気はファルグが原因だとの疑いが出てきた。これ以上瘴気を発生させないよう地母神様の祝祭まで幽閉する、と急遽沙汰《きゅうきょさた》が出た」

ディアナは息をのんだ。神殿を出てから半日程度しか経《た》っていない。そうだというのにファルグを幽閉する話が決定してしまっているのは早すぎないだろうか。

「それはどなたのご命令ですか？」

「神官長様だ。ここに命令書がある」

神殿狩人が一枚の紙を差し出したが、確かにそこには神官長の印章とファルグを幽閉する旨が記されていた。

（この印章は、確か神官長様しか押せないようになっているはず）

だとすれば、これは本物の命令書なのだろう。

『神官長？　へえ……』

何やら鼻をひくつかせていたファルグが小馬鹿《こばか》にしたように小さく笑う。ディアナは神官長が正装から彩光石を抜くように指示した件を思い浮かべ、唇を引き結んだ。

「ヨルゲン神獣騎士団長も同意しているのでしょうか」

ディアナがそう返してくるとは思わなかったのか、神殿狩人はわずかに顔を歪《ゆが》めた。

「神殿狩人を統括しているのは神官長様だ。神獣騎士団長の意見は私には聞かされていない」

「それなら、わたしは神獣騎士ですから、ヨルゲン神獣騎士団長のご判断を仰ぎます」

ディアナが一歩踏み出して進もうとすると、神殿狩人は剣を抜いた。周囲の輪も途端に殺気立つ。

「神獣騎士団長の元へは行かせられない。戻ってきたらすぐに幽閉しろとのご命令だ」

表情から見えるのは、嫌悪ではなく職務を忠実にこなそうとする真剣なものだ。ファルグに対する負の感情ではないことに、この神殿狩人は単純に命令を遂行しようとしているだけなのだろうと思える。

「ファルグは瘴気を発生させてなんかいません。それなのに――」

『ディアナ、よせ。あまり抵抗しない方がいいと言ったじゃないか』

ファルグが足を尾で軽く叩《たた》く。言い募っていたディアナはぐっと言葉をのみ込んだ。口を噤《つぐ》んだディアナを見て、ファルグがふんと鼻を鳴らして笑う。

『いいぞ、幽閉されてやろう。まあ、何が起こっても知らないがな』

「それならわたしも一緒に幽閉されます。あなたと離れるのは不安です」

何かあれば神殿を破壊する勢いで暴れるかもしれない。傍《そば》を離れるのは不安すぎる。

引き離されまいとしゃがみ込みファルグの首を抱きしめると、黒狼はからかうように笑った。

『熱烈なのは嬉《うれ》しいが、きみが幽閉なんかされたら倒れるぞ。私だけでいい』

首を動かし、ディアナの頬《ほお》を舐《な》めたファルグの視線がすっと横に逸《そ》らされる。

(……何？　――あ、スヴァル)

視線を追ったディアナは、取り囲む人々の足元の間からちらちらとオレンジの羊の姿が見え隠れしているのに気付いた。そのスヴァルが何度も小さく頷《うなず》いているのだ。だが、主《あるじ》のアランの姿はここからは見えない。窺うようにファルグを見ると、黒狼はディアナの耳元に顔を擂《す》り寄せてきた。

『あの命令書、あの女――神官長の匂いがしない。誰《だれ》か別の奴だ』

声を潜めて伝えられた内容に、ディアナはどうにかして内心の動揺が顔に出ないよう表情筋に力を込めた。

(匂いがしないなら、神官長様が書かれたものじゃないの？　……なんだかよくわからないけれども、指示に従った方がいいのかもしれないわ)

心を決めたディアナは、一度強くファルグを抱きしめると腕を解き、ようやく立ち上がった。

その隙《すき》にスヴァルの姿は見えなくなってしまった。

「――わかりました。ファルグを連れていきます」

『きみは来ない方がいいぞ。懲罰房の場所が変わっていなければ、あそこは瘴気だまりができやすいからな』

ディアナは目を見開いた。人間が入れられれば具合を悪くする者もいるだろうが、神獣ならよほどではないかぎり何ともないだろう。

ほんの少し安堵《あんど》したが、それでも心配は消えない。

「勝手に鍵《かぎ》を壊して逃げ出さないでくださいね。誰かが来ても威嚇《いかく》したり、怪我《けが》をさせたりしたら駄目ですからね。――何か困ったら吠《ほ》えてわたしを呼んでくださいね」

『私が困る時点で、きみを呼んでもどうにもならないんじゃないか？　――まあ、一応覚えておいてやる』

幽閉されるというのにどこか楽しげなのは、ディアナを心配させない為《ため》というよりも本当にいざとなればどうにでもできると思っているからだろう。

ディアナが頭を撫《な》でると、ファルグが掌《てのひら》の紋章を舐めてきた。

『きみの方こそあまり無茶をするなよ。すぐに駆けつけられないからな』

「わかっています。飛び出さないように気をつけますから」

ディアナが頷くと、応えるように尾を一振りしたファルグが踵《きびす》を返した。そのまま迷いのない足取りで神殿の方へと歩き出す。あまりにもあっさりとした態度に取り囲んでいた神殿狩人や神獣騎士が一拍置いた後、足早にその後を追いかけていった。その様子はまるで王者と従者のようだ。

門に一人取り残されてしまったディアナは、ファルグを追った集団が見えなくなるときょろきょろと辺りを見回した。

（いた！　アラン副団長とスヴァル！）

建物の陰からアランとスヴァルが頭を覗《のぞ》かせているのを見つけて、ディアナは小走りに駆け寄った。

「お帰り、ディアナ嬢。噛《か》まれたところは大丈夫かな」

「はい、大丈夫です。――あの、どうしてファルグが幽閉されてしまうことになったんですか？　それにあの命令書――」

正確には自分から進んで幽閉されに行ったのだが、ファルグが言った通り命令書が神官長の書いた物でなければ、何かしらの意図に気付いてすんなりと従ったのかもしれない。

「ちょっとここじゃあれだから、団長の所に行こうか」

アランが先に立って歩き出す。その傍らを歩いていくスヴァルの弾むような足取りに、張り詰めた気分が和みそうになりつつ後を追いかけていくと、辿り着いた先は神獣騎士団長の執務室ではなく、任命式をした聖堂の隅に設けられた控室の前だった。

「こんな所にヨルゲン団長がいらっしゃるんですか？」

ディアナが不審げに問いかけると、アランはへらりと笑った。

「あれ？　警戒してる？　大丈夫だよ、入って入って」

軽薄な笑みを浮かべたアランが控室の扉を開ける。するとそこにいたのは長椅子《ながいす》に腰をかける神経質そうな面立ちの女性神官だった。

「神官長様……！」

冷や汗が背中を伝う。思わず後ずさってしまうと、いつの間にか背後にいたスヴァルにぶつかりそうになり足を止める。

（どうして神官長様がいるの!?　アラン副団長が嘘《うそ》をついたの？）

騙《だま》されたのだろうかと青ざめていると、アランが緊張感の欠片《かけら》もない様子で首を傾《かし》げた。

「あれ？　団長はまだなんですね」

「ええ。王都の瘴気の件の処理が長引いているのでしょう。――ディアナさん、早く中にお入りなさい。誰かに見られると困ります。私はこの時間、城で晩餐会《ばんさんかい》に出席していることになっていますので」

感情の起伏がまったく見られない神官長に促され、ディアナは恐る恐る部屋の中に足を踏み入れた。背後で扉を閉めたアランがスヴァルを小脇《こわき》に抱えてその前に陣取る。

室内はそれほど広くはなく窓もないが、それでも大人三人と神獣がいてもそれほど窮屈に感じられない。神官長がこちらにお座りなさい、と言ったので警戒しつつ示された隣に腰をかけると、どこか父に似てあまり表情の動かない神官長はようやく口を開いた。

「ファルグは大人《おとな》しく幽閉されたようですね」

「……はい。ただ、ファルグは命令書から神官長様の匂いがしない、と言っていました」

意図せず、強張った声が出た。暗に貴女《あなた》が出したのではないかと疑いの目を向けると神官長は細く溜息《ためいき》をついた。

「ファルグは鼻が利きますね。その命令書は私が書いた物ではありません」

はっきりと断言する神官長に驚いてしまい、思わずまじまじと見つめた。

「それだけではありません。貴女の父は神獣騎士団に一時預かりを要請すると返信をしたそうですが、私の手元には着任を許可するとの返信が届けられていました」

俄《にわ》かには信じがたく、ディアナは膝の上に乗せていた手を握りしめた。

(それが本当だったら、お父様の手から神官長様の手に渡る間にすり替えられた、ということになるわよね。神官長様は利用されただけ？)

信じてしまっていいのかどうか迷っていると、そこへ肩にクヴィを乗せたヨルゲンが姿を見せた。

「――お待たせいたしました。ああ、ディアナさん、ご無事でしたか」

安堵の笑みを浮かべたヨルゲンを見て、警戒していたディアナは少しだけ冷静になった。

「お気遣いありがとうございます。あの、状況があまりよくわかっていないので、教えてもらいたいのですが……」

怪訝《けげん》そうな視線を神官長に向けると、ヨルゲンはおや、と言ったように軽く目を見開いた。

「神官長はまだ詳しくお話をされていなかったのですね。それですと、ディアナさんを不安にさせてしまいましたね。お伝えする暇がなかったので、申し訳ありません」

宥《なだ》めるように言葉を続けたヨルゲンが神官長の向かいの椅子に座り、詳細を語り始めた。

「まず初めに、神官長は貴女の許可証や、今回の命令書には一切関わっていません。神官長が貴女の不利益になるようなことをなさるはずがないのです」

ヨルゲンが自信をもって断言する根拠がわからず、ディアナは探るように神官長を見た。

「そうすると、仕立屋の方がわたしの正装から彩光石を抜くように神官長様から指示されたそうなんですが、それも神官長様ではないんでしょうか」

神官長は乏しいながらも驚きに軽く目を見開き、少しだけ眉《まゆ》を下げた。

「そんなことまで……。ええ、それも私ではありません。――私は、貴女の母アイラの友人でした。アイラやロベルトが命を懸けて助けようとした貴女を危険にさらすようなことをするわけがありません」

ディアナは初めて聞いた事実に、ぽかんと口を開けてしまった。明るい人柄だったという母とこの静かな神官長が友人だったとは信じられなかったが、ふとあることを思い出した。

「あの、もしかして時々、わたしの様子を窺っていましたか？」

食堂で遭遇したのを思い出す。あれはもしかするとディアナを心配していたのだろうか。

「ええ、様子を見にいっていました。あまりにも貴女が貶《おとし》められるのなら、窘《たしな》めようとはしましたが、私の出番はありませんでしたね」

ファルグがディアナを庇《かば》っていたからだろう。そしてエリアスも止めてくれた。ディアナは苦境にあってもきちんとやっていけていると思ってくれたらしい。

「ですが、ロベルトが希望するまま討伐を依頼していたことで、貴女に寂しい思いをさせてしまっていたことに気付けず、不甲斐《ふがい》ないばかりです。申し訳ありません」

「……神官長様が謝られることではないと思います。父は、頑固な人みたいですから」

父にはすでにこれまでの感情を全てぶつけた。ここで神官長を責めても仕方がない。

(ファルグがいたら、お人よしだって笑うわよね)

無性に傍らに黒い狼の神獣の姿がないことが寂しくなった。

ここしばらくはずっと傍にいたのだ。つい先ほど別れたばかりだというのに、常に感じていた傍らの温もりがないことがこんなにも寒々しく感じるとは思わなかった。

「ディアナさん、大丈夫ですか？　急に色々と知ってしまって、戸惑っているでしょう」

気遣わしげに声をかけてくれるヨルゲンに、ディアナはいつの間にか視線を落としていたことに気付いて慌てて顔を上げた。

「いえ、違うんです。ファルグが傍にいないので、少し寂しくなってしまっただけなので……」

するりとその言葉が出てしまった後、はっとして口元を押さえる。

少し離れたくらいで寂しいなど、これではまるで親からはぐれた子供のようだ。

微笑《ほほえ》まし気なヨルゲンに、いつもよりさらに表情を強張らせた神官長、この角度からは見えないがアランやスヴァルからは生温かい視線を向けられているように感じて、みるみる顔に熱が集まる。

『ディアナ嬢ちゃん、それ、あいつの前で言ったらなおさらくっついて離れなくなるぜ。さっきもファルグの奴、離れたくなくてデレデレだったもんなあ』

どこかで門での出来事を見ていたのだろう。うけけけ、とまるでカワセミのように笑うクヴィに、ディアナはつい立ち上がってしまった。

「デレデレなんかしていません！　わたしが無茶をするので、注意をしてくれていただけです！　そ、それよりも神官長様が関わっていないのなら、別に犯人がいるんですよね」

ディアナが座り直して背筋を伸ばすと、ヨルゲンと神官長はすぐに気持ちを切り替えたのか、互いに目配せをした。軽く目を伏せた神官長が小さく頷《うなず》くと、ヨルゲンがこちらを見る。

「ええ、います。ハーヴィスト辺境伯の許可書の返信を運んだ伝令の証言で判明しました」

「誰、だったんですか？」

重苦しい空気に緊張し、知らずの内に息を詰める。

ヨルゲンが少しだけ声を潜めた。

「――神殿長様です。伝令によると、神官長に渡す前に一度神殿長様に渡すように命じられていたそうなのです」

「神殿長様がどうして……」

任命式で対面した人当たりのよさそうな好々爺《こうこうや》の神殿長の顔を思い出し、ディアナの頭は疑問で一杯になった。視線を落としていた神官長が小さく溜息をついて頰に手をやる。

「確かなことは言えませんが、おそらくファルグの契約者を逃したくなかったのでしょう。強い神獣を迎え入れられることは神殿にとっては名誉ですから。ロベルトは神獣にいい印象を持っていませんでしたから、許可を出さない可能性もありました。それで許可書を確認後、偽造した物とすり替えたのでしょう」

「そうすると、命令書の偽造は神殿長様じゃないんですか？　ファルグの力を求めているんですよね」

他に犯人がいるのだろうかとディアナが首を傾げていると、神官長が静かに首を横に振った。

「いえ、そちらも神殿長様の可能性が高いと思います。印章の保管場所を知っているのは私と神殿長様だけですから」

「神殿長様だけ……。もしかして……印章を盗まれました？」

神官長が重々しく頷いた。

「ええ。私は今日《きょう》、城で祝祭の打ち合わせとその後の晩餐会に出席する予定でした。ですが、神獣騎士団長から私の印章が押された命令書が出ている、と知らせが届いたので戻ってきてみれば、印章が紛失していました」

そうなると犯人は神殿長の可能性が高いのだろう。

ふつふつと湧《わ》いてきた怒りのような感情に、ディアナは膝の上に置いた手に力を込めた。

「神殿長様は……ファルグの力を求めていたのに、どうして幽閉の指示なんか出すんですか。もし、ファルグが怖くなっただけなら、身勝手すぎます！」

幽閉する理由があるとすればその辺りだろう。事実、神獣騎士や神獣でさえも恐れるような力を発揮している。

「落ち着いてください、ディアナさん」

怒りを露《あらわ》にするディアナを宥めるように、ヨルゲンがにこりと笑った。

「神官長が戻られたことは知られていません。そうなると、晩餐が終わる予定の時刻までに印章を返す可能性が高い。神官長の執務室に侵入者を閉じ込める仕掛けをクヴィが施しましたので、早々に犯人が判明するかと。それまで神官長にはこちらでお待ちいただいています」

全て準備万端で迎え撃つ用意ができていることに、ディアナは唖然《あぜん》としてしまった。

「もしかして……神殿長を捕まえる為にファルグを幽閉に従わせたんですか？」

神殿長に計画は成功しているのだと思わせておいた方が、すんなりと捕まえられるだろう。

しかしヨルゲンはなぜかわからないが、困ったように微笑んだ。

「それもありますが……」

『あいつの日頃《ひごろ》の行いのせいなんだよ』

クヴィが呆《あき》れたように溜息をついたので、ディアナは嫌な予感を覚えた。

「貴女方が神殿を出た後、瘴気に侵された神獣騎士を発見した貴女方の姿がなく、王都に瘴気も発生したので、ファルグが全ての元凶なのではと騒ぎになってしまったのです。瘴気のようなものを追いかけていたのも、ファルグが妙な行動をしていた、とそれに拍車をかけたようで」

言いにくそうなヨルゲンに、ディアナは頭を抱えたくなった。

「エリアスさんもいたのに、ファルグだけなんですか……」

今回は何もしていないが、これまで色々と騒動を起こしているだけに、元凶だと言われてしまうのは仕方がないのかもしれない。

扉の前にいたアランが苦笑いをした。

「ディアナ嬢は怪我の治療中だからいないって説明しても、なかなか収まらなかったんだよね。そしたら、いつの間にかあんな命令書が出ているし。面倒事って次から次へと重なるよねえ」

ひょいと肩を竦《すく》めたアランが、スヴァルを抱え直す。ヨルゲンが疲れたように嘆息をした。

「今のファルグなら幽閉されても大人しくしているでしょうし、混乱を落ち着かせる為にあえて命令を否定することはせず、そのまま遂行させたのですよ」

「神殿内で神獣騎士と契約神獣が瘴気に侵されたんですから、それは怖くもなりますよね……」

そもそも小さくて弱い神獣ではないのだから、瘴気だまりなどで魔獣化することなどほぼない。そうなるとかなり不安にもなるだろう。

「倒れていた神獣騎士の方とわたしを噛んだ神獣は今、どうしているんですか？」

「書庫の中から助け出しましたが昏睡《こんすい》状態です。どうも謹慎前に出た瘴気払いで魔獣に噛まれていたようで、おそらくそれで瘴気に侵されやすくなっていたのかと。瘴気だまりは神殿内にもありますので」

「多分神獣の方は主を助けようとして、瘴気が自分の体に合わなかったんだろうねえ」

アランがスヴァルの頭を撫でながら、怖いよねー、と全く恐ろしくもなさそうに呟《つぶや》く。

ディアナはわずかながらもぞっとした。ファルグにも注意されたが、自分もまた半分魔獣になっていた神獣に噛まれている。下手《へた》をすればそうなるということだ。

（そういえば、ファルグが自業自得とかなんとか言っていたわ。もしかして、瘴気だまりに自分から近づいた？　少しでも自分の神獣に力をつけさせようとでもしたのかしら）

ファルグはそれに気付いていて、ああ言ったのかもしれない。

「ただ、あの者たちが書庫の前で瘴気に侵されたのかどうか判明していません。ディアナさんも噛まれているのですから、ファルグが戻ってくるまでここにいてください。一番彩光石が多い場所ですので、どこよりも安全だと思います」

「はい、わかりました」

ヨルゲンの指示にディアナは神妙に頷いた。確かに聖堂内には彩光石があちらこちらに装飾されていた。瘴気が溜《た》まることはないだろう。

「では、私は一度執務室に戻ります。アランを護衛に残していきますので、何かあればスヴァルをよこしてください」

そう言い残したヨルゲンはクヴィを連れて静かに控室から出ていった。

ヨルゲンが出ていくと、ディアナの隣に腰かけていた神官長がおもむろに立ち上がった。何をするのだろう、と様子を窺っていたディアナは先ほどヨルゲンが座っていた椅子に移動するのを見て、困惑気味に神官長を見た。

「どうかされましたか？」

「貴女は神獣に噛まれたのですから、そちらで横になって少し休みなさい」

乏しい表情はあまり変わらなかったが、言葉はディアナを気遣うものだ。そんな些細《ささい》なことにほんのりと胸が温かくなった。

「――ありがとうございます。お言葉に甘えさせていただきます」

笑みを浮かべて素直に横にならせてもらうと、なぜかアランがスヴァルを差し出してきた。

「寝るならスヴァルを貸してあげようか？　よく眠れるよ」

『それはスヴァルがアランの瘴気を食べてあげてるから、よく眠れるんだよ！　アランならまだ許すけど、スヴァルは抱き枕じゃないからね！』

抱えられたまま顎《あご》つんと顎を逸らすスヴァルの姿が可愛《かわい》らしくて、ディアナは思わず笑ってしまった。ふわふわの毛並みは確かに抱き枕としては最高の抱き心地かもしれない。

「お気持ちだけいただいておきます。ファルグに浮気者だって言われそうですから」

半身候補に他の神獣の雄の匂いがついていたら、怒るか拗《す》ねるかどちらかするだろう。ディアナを抱え込み、スヴァルを威嚇する様子がありありと想像できる。

(重いし、顎を押し付けられて痛いし、なかなか放してくれないけれども……。別に嫌じゃなかった。安心、していたのかもしれないわ)

ファルグの温もりが恋しくなって、契約の紋章が浮かぶ手をもう片方の手で包み込んで胸元に引き寄せる。

(早くファルグに会いたい)

不遜《ふそん》な態度で騒動も起こし、ディアナのことを雑に扱ったり、逆に距離が近すぎることもあるが、それでも一緒にいるのは楽しいのだ。寂しさを感じる暇などなかった。

(ファルグも寂しい、って思ってくれているといいのに)

そこまで考えて、ディアナは何気なくこぼれていく心の声に、慌てて目を閉じた。

(いやいやいや、待って。急に傍にいなくなったから、心細くなっただけよ。瘴気を食べてもらえないから、怖くなっただけ。同じ気持ちでいてほしくなるなんて……)

どれもこれも理由としては間違っていないが、一番の理由ではない気がした。

——きみが嬉しいと私も気分がいい。

ふと、ハーヴィストの屋敷でそう言って笑ったファルグの顔が思い浮かぶ。

ディアナの怪我に焦ったり、契約を切られるのを恐れたり、ディアナが貶められるのを怒ったりと、本当にディアナ自身を想《おも》ってくれているようなファルグの行動の数々を思い出し、急に胸が一杯になった。

(わたし……ファルグのことが好きなの?)

そんな言葉がふわりと頭に浮かんだ途端、心臓が早鐘を打った。

(だって、そんな、ファルグなのに。本気かどうかもわからないのに。半身の香りのせいかもしれないのに。でも、同じ気持ちでいてほしいって、そういう……待って、あのファルグよ? 信じて大丈夫?)

否定はするものの、信じたいと思う自分もいて、なおさら焦る。

そんなことを考えているせいで、眠気など全く襲ってはこない。

それでもやはり体には負担がかかっていたのだろう。ディアナが百面相をしているのを、神官長やアランたちが面白そうに観察していたことなど知ることもなく、いつの間にか眠ってしまった。

＊＊＊

懲罰房の小さな窓から差し込む月光に、黒い狼姿のファルグは夕方ここに入れられてからどのくらい経ったのか換算し、ふっと息を吐いた。

（懲罰房は懲罰房でも、神獣用の懲罰房が作られていたとはな）

しばらく契約をしていなかったせいで、こんなものを人間が作り上げていたとは思わず、感心してしまう。

三方が壁に囲まれ、出入り口側だけが柵《さく》になっている部屋だ。壁に塗られた漆喰《しっくい》や柵には砕いた彩光石が交ぜられていて、一見すると貴族が作らせる鳥籠《とりかご》にも似て華麗な代物だったが、神獣を閉じ込めておくのにふさわしい場所だった。

（……彩光石のせいで瘴気が薄い）

人間用の懲罰房ならディアナに言った通り瘴気だまりがあちこちにあるが、こちらは彩光石の効果でほとんどない。あまり強くない神獣などは死にはしなくとも、瘴気から力を得られず空腹で弱るだろう。ファルグでさえも居心地が悪いのだから。

(よく考えたものだな。——壊そうと思えば壊せるが)

だが、ここで壊してしまえばディアナが困ることになるのはよくわかっている。

先ほど、一緒に行くと言ったディアナの必死な表情を思い出し、ファルグは小さく笑った。

自然と尾が機嫌よく揺れてしまう。

(いくら半身候補とはいえ、人間の娘の為に幽閉されてやってもいい、なんて思うようになるとはな)

半身を示すリラの香りのせいで多少は好意的な思いを抱きやすくなっているのかもしれないが、少しの油断で平均的な人間よりも命を落とす確率が高い娘を半身にしたいなど、我ながらどうかしていると思う。

(誰が何を企《たくら》んでいるのか知らないが、ひとまず、ヨルゲンたちの元にいれば大丈夫だとは思うが……。あの怪我は気がかりだ)

緑の犬の神獣に噛まれた場所にまとわりついていた瘴気は消したが、傷そのものが消えたわけではない。本人は痛くないと言っていたが、契約していない人間なら脂汗ものの傷だ。

つくづく、噛んだ神獣とディアナに庇われたエリアスに腹が立つ。

苛立《いらだ》ったように尾を床にパタンパタンと叩きつける。

(傷に瘴気がついたら、まだ今のディアナの耐性だと寝込むな。周囲の奴らがそれに気付いて

いるかどうか……。彩光石をちゃんと増やしていればいいんだが）

つらつらと頭に思い浮かんでくるのはディアナのことばかりだ。こちらを見つめる信頼しきった薄桃色の瞳《ひとみ》と抱え込んだ時の温かく細い体を思い出すと、早く傍に戻りたくなるから不思議だ。なぜか胸の辺りに感じる寒さを埋めたくなる。

（寒さ……。まさかこれが寂しい、か？　ディアナはずっとこんな気持ちで生きてきたのか）

物足りない感覚は、空腹にも似て満たされない気持ちが湧き起こる。よくこれでひねくれもせずに育ったものだ。神獣や魔獣に対する熱意はかなり変態じみているが。

それに気付くと、なおのことディアナの傍に行きたくなった。

（――もう少し夜が更けたら、抜け出すか？）

できるだけ被害の出ない方法はないだろうかと、あれこれ考えていた時、ふと二人分ほどの足音がこちらに近づいてくるのに気付いて耳を立てた。

（これは……）

なるべく足音を立てないようにしているのだろうが、慣れていなさそうな軽い足音と、それとは逆にあまり気にしていないような軽妙な足音だ。

「――ファルグ！　大丈夫ですか？」

忍び足をやめ、ぱたぱたと柵に向かって駆け寄ってきたのは自分の主兼半身候補の娘だ。その顔に浮かんだ安堵の笑みに、それまで感じていた苛立ちも寒さにも似た寂しさも嘘のように消えていく。

『迎えに来るのが遅いじゃないか』

柵に歩み寄りながら憎まれ口を叩いてしまったのは、声が弾みそうになったのを隠そうとした為だ。

「……すみません。まだ、迎えにきたわけじゃないんです」

満面の笑みを浮かべて近寄ってきたディアナだったが、ファルグの言葉を聞くと柵を握りしめ肩を落とした。その背後にアランと、自分が怖いのかその足元にくっついているスヴァルが見えた。

『どういう状況なのか教えろ』

不審げに問い質《ただ》すと、ディアナは詳しく話し始めた。

話をしていく中、ディアナは若干怒っていたが、ファルグとしてはいつものことだと呆れた。

『誰と契約しても私が手に負えないとなると、捕らえて閉じ込めようとするな。少しは別の手段に変えてみればいいものを。優秀な神殿狩人がいるだろうに』

「冗談だけにしてください。神殿狩人が返り討ちにあって終わりじゃないですか」

非難めいた響きだが絶対に討伐されないと信じているディアナに、ファルグは満足げな笑みを浮かべた。

『それで、神殿長は捕まえたのか？』

「はい。ついさっき、クヴィの罠《わな》にかかりました。誰かが神殿長様の執務室にエリアスさんがヨルゲン団長に提出したはずの報告書を置いたみたいなんですが、それを見て、ファルグを自由にさせておくと聖遺物の封印が解けるのではと、怖くなったらしくて……。今はエリアスさんとレイズルが見張っています」

あまりにもあっさりと捕まった犯人に、ファルグは納得したように頷いた。

『ああ、そうか。そうするとその報告書を盗んで渡した奴を警戒しているのか。それで迎えにきたわけじゃないんだな』

「……はい、せめて夜が明けるまではこのままここにいてもらいたいんです」

ディアナが申し訳なさそうに眉を下げるので、ファルグは鼻先を伸ばし宥めるように柵を握っていた手をひと舐めした。

『仕方がないな。いてやる。――それできみはそれだけを伝えにきたのか？　きみを噛んだ神獣もその主も、どこで瘴気をつけたのかわかっていないんだろう。あまり出歩くな』

「アラン副団長とスヴァルがいるので大丈夫です。心配しないでください」

『……へえ、そうか』

得意げなディアナに面白くなくなったファルグは、ふうっと白い炎を吐いて人間の青年の姿になると、柵を握っていたディアナの手を取って掌の紋章に軽く噛みついた。

ディアナの手が驚いたように少し強張る。顔を上げたファルグは口端を持ち上げて皮肉気に笑った。するとディアナは頬を染めて軽く睨《にら》みつけてきた。

「拗ねないでください。ファルグのいる場所が彩光石の檻《おり》で瘴気がほとんどないから一度様子を見にいってきてもいい、って言ってくれたんです。お腹《なか》が空いて暴れられたら困りますし」

「……いつになったらきみは私が食欲だけでできているわけじゃないと理解するんだ？」

それともわかっているくせに、そしらぬふりをしているだけだろうか。

ファルグが軽く脱力すると、ディアナは何やら口ごもった後ちらりとアランたちに視線をやり、次いで柵越しにファルグの耳元に口を近づけてきた。

「あの、それだけじゃなくて……。ファルグに会いたかったんです」

潜められた声が耳に届く。握ったままの手を軽く握り返されて、間近にあるディアナの顔がほんのりと朱に染まる。

ぐっと胸が詰まるような感覚と鼻先をくすぐる甘いリラの香りに誘われて湧き上がった衝動に突き動かされ、ファルグは柵から手を伸ばしてディアナの頭の後ろに手を回して引き寄せると、自然に赤く色づく小さな唇に噛みつこうとした。だが、それを遮るようにディアナが自由な方の手で口元を隠してしまう。

「駄目です。アラン副団長たちが見ていますから」

「――見ていなかったらいいのか？」

手の甲に口づけ、もう片方の手で腰を捕らえる。するとディアナは抗議するように見上げて

きた。

「どうしてそう、揚げ足をとるようなことを言うんですか」

「きみが会いたかったなんて言うからじゃないか。私を煽《あお》るきみが悪い」

ファルグはディアナをやんわりと抱きしめた。間にある柵が邪魔で仕方がなかったが、強く力を込めれば折れてしまいそうな細くて温かな体をこの腕で抱きしめているのだと実感すると、ついさっき感じた空虚な思いがなおのこと満たされる気がしてくる。

「――私もきみの傍に戻りたかった」

先ほどのディアナと同じように声を潜めて告げると、ディアナが息をのむ音が聞こえた。少し間を置いて応えるようにおずおずと背中に回された手に、ファルグはこみ上げてきたむず痒《がゆ》いような嬉しさを覚えてつい力を込めてしまうと、ディアナが叫んだ。

「……っ痛！　ちょ、ちょっと待ってください。柵があるのを忘れていませんか⁉」

はっとして緩めた腕から抜け出したディアナが一歩後ろに下がる。片手で噛まれた左肩のあたりを押さえる仕草に焦った。

「悪かった。大丈夫か？」

そう声をかけると、ディアナがこれ以上もないほどに大きく目を見開いた。それとほぼ同時に、スヴァルの甲高い驚愕《きょうがく》の声が上がった。

『ファルグが謝ってる！　嵐《あらし》が来るんじゃないの⁉　ううん、雪が降って氷漬けになるかも』

「天変地異の前触れだって、注意報でも出しておいた方がいいのかもねえ」

苦笑するアランが騒ぎ立てるスヴァルを宥めるように抱き上げてその頭を撫でた。

大分失礼なことを言う一匹と一人をじろりと睨むと、スヴァルは大きく体を震わせてぴたりと口を噤んだ。するとその視線の間にディアナが慌てて割って入ってくる。

「睨まないでください。そんなに痛くありませんでしたから大丈夫です。少し驚いただけです」

「――それならいいが。そういえばきみ、彩光石がある場所にいるんだろうな」

「はい、聖堂にいます。それに、ここに来る前に部屋からいくつか彩光石を持ってきましたから、心配しないでください」

ディアナはそう言いながら、華奢《きゃしゃ》な指や腕を飾る指輪とブレスレッドをこちらに見せた。

聖堂と言われて、ファルグは納得はしないものの理解はした。あそこは確かに彩光石が沢山埋め込まれている。

「まあ、大丈夫そうだな。彩光石をもっとつけてもいいくらいだが」

「これ以上は動きにくくなりますから。あなたが勝手に屋敷から持ってきてしまった時にはどうしようかと思いましたけれども、すごく助かっています。……でも、ファルグが傍にいてくれる方がずっといいです。彩光石は瘴気は消せても話せないので、ちょっとつまらなくて」

ディアナが苦笑を浮かべた。薄桃色の双眸《そうぼう》に浮かぶ信頼の奥にほんのりと熱を帯びたような好意が見えるのは、期待してもいいのだろうかという思いが浮かぶ。

「私じゃなくても、誰とでも会話はできるだろう」

「会話はできますけれども、わたしは誰か、じゃなくてファルグとお喋《しゃべ》りしたいんです」

ファルグは片手で顔を覆った。顔に熱が集まる。今、どうしようもなくにやけただらしない表情をしている自信があった。

(ああ、何だってこう……可愛らしいことを言ってくるんだ)

嬉しいなどと、スヴァルとアランの前で言うのは癪《しゃく》だ。

「ファルグ？　どうかしましたか？　どこか苦しく……っ」

黙ってしまったファルグが心配になったのか、再び近づいてきたディアナの頭を少し乱暴に撫でたファルグは、そっと怪我をしていない方の肩を押した。

「そろそろ行け。あまり遅くなると眠る時間がなくなるぞ」

「――はい。朝になったら迎えにきますから、待っていてください」

撫でられて乱れた髪を撫でつけていたディアナが寂しそうに表情を陰らせた。もう少し引き止めたい衝動にかられたが、どうにかそれを収めて鼻で笑う。

「あんまりにも遅かったら破壊して出てやるからな」

ディアナは呆れたように溜息をついたが、絶対に駄目ですからね、と言い残して、何度も振り返りつつアランとスヴァルたちと共に懲罰房から去っていった。

ディアナがいなくなると、急に火が消えたように暖かさがなくなった。

一つ嘆息すると、ディアナの残り香であるリラの香りが鼻をかすめ、やっぱりついていってしまえばよかっただろうかと、そんなことを思いつつ黒い狼の姿に戻った瞬間。ぱたぱたと懲罰房にやってくる軽い足音がし、懲罰房の奥へ引っ込もうとしていたファルグは振り返った。

ほどなくして現れたのは、驚くことにほんのついさっき別れたばかりのディアナだ。

『どうした？　何か言い忘――』

問いかけようとしたファルグはすぐに言葉を切って、彼女を睥睨《へいげい》した。

（ディアナの匂いじゃない。これは……）

ともすれば自分を惑わせるようなリラの香りがしない。先ほどと同じように柵を握りしめるディアナはおっとりと微笑んでいたが、ディアナはそんな儚《はかな》げには笑わない。笑う時にはもっと明るく笑う。ディアナの形を模した、偽物だ。

『ディアナはこんな弱々しく笑わない。――こんなもので私を怒らせ、力を使わせるつもりか？』

こういう力を使う神獣を知っている。理由など知りはしないが、どうやら聖遺物の封印が解けてもかまわないようだ。

（あいつはいつか何かやらかしそうだと思ってはいたが）

低く唸《うな》ったファルグは、柵に縋《すが》りついて穏やかに笑う偽ディアナの喉笛に噛みついた。ふわりと姿が霧のように解ける。——と、口の中に舌を痺《しび》れさせるほどの甘ったるさが広がった。美味と感じることはなく、これは受け付けないものだ、と体が拒絶したのか震えが湧き起こる。

(——っ瘴気か!!)

巧妙に霧の中に隠されていたのだろう。吐き出すよりも早く、瞬く間に喉を焼いた甘い瘴気がそのまま体中に広がっていく。四肢が痺れ、体に力が入らずにファルグはその場に伏してしまった。

(……っ、これは、全く私の体に合わない瘴気だ。迂闊《うかつ》だったな)

ディアナの姿を模されたことに思っていたよりも腹が立っていたらしい。会ったばかりだというのもあったのだろうが、もっとよく様子を窺うべきだった。普段ならこんな迂闊なことは絶対にしない。

(このくらいの量なら、半刻もあれば回復する、か? いや、その前に——)

ふと、何とか首だけを上げ荒い息を繰り返していたファルグの傍に誰かがやってきた気配がした。

「さすがにあのエリアスに媚《こ》びを売る無礼な主の犬とは違って、魔獣化とまではいかなかったか。せっかく神殿長まで巻き込んで閉じ込めたというのに」

淡々とした声が響き、ファルグはかすむ視界をこらして見上げながら、聞き捨てならない言葉にぎり、と歯を食いしばった。

『……っエリアスの報告書を神殿長に渡したのも、ディアナに噛みついた神獣たちを瘴気まみれにしたのも、お前か――レイズル！』

おそらく、今自分にやったように霧に隠して瘴気に触れさせたのだろう。

糾弾したファルグを赤黒い瞳《ひとみ》で見下ろしてくるのは、本来の姿は立派な体躯《たいく》の赤毛の馬の神獣だが、今は赤い鬣《たてがみ》のような髪をした人間の偉丈夫だった。

「それがなんだという？　お前も半身候補の脆弱《ぜいじゃく》な小娘の為なら、多少の犠牲は厭《いと》わないだろう。――その様子だと、小娘を助けにいくこともできないだろうが」

蔑《さげす》んだ笑みを浮かべるレイズルの姿がさらにぼやけて見えた。

『お前、ディアナに何を――』

ぐらりと眩暈《めまい》が襲い、頭が傾いだ。抗う力もなく冷たく硬い床にそのまま倒れる。

「安心するがいい。私は殺しはしない。――あの娘の瘴気耐性が上がっていれば、お前が回復するまで死にはしないだろう」

レイズルが踵を返す。遠ざかる足音に、ファルグは足掻くように力の入らない四肢を動かした。

（……っディアナ！）

すでに消えているはずのリラの香りがした気がしたが、すぐに意識が遠のいた。

＊＊＊

ふとファルグに呼ばれたような気がして、ディアナは聖堂へ戻る足を止めた。

（——ファルグ？）

ついさっきまでいた懲罰房の方を振り返ると、傍らを歩いていたアランが首を傾げた。

「どうかした？」

「今、ファルグに呼ばれたような気がしたんです」

『スヴァルには聞こえなかったけど？　耳が詰まっているんじゃないの』

口は悪いが、ディアナを真ん中にして守るようにアランとは反対側を歩いてくれていた羊姿のスヴァルが不審そうに首を傾げる。その仕草は主のアランとよく似ていた。

「気のせい、なんでしょうか」

「心配なら、ちょっと戻ってみる？」

アランの提案に、少し考えたディアナは胸に広がる不安を散らすように首を横に振った。

「いえ、大丈夫です。スヴァルにも聞こえなかったんですから、やっぱり空耳だったんだと思います」

胸騒ぎは消えないが、それでも周囲が騒がしくなる気配はない。ファルグと別れたばかりの寂しさでそう聞こえただけだったのだろう。

「そう？　じゃあ、行こうか。あんまり遅くなると団長や神官長が心配するしね」

からりと笑ったアランが歩き出したので、ディアナも鈍りそうになる足を動かした。

「すみません、余計なことを言って足止めをさせてしまって」

ディアナのお守りを押し付けられたことが後ろめたくて謝ると、アランは明るく笑った。

「自分の神獣が心配になるのは当然だよ。俺《おれ》だってスヴァルの姿が見えなかったら、あちこち探し回るからね」

『えぇ……。瘴気払いに出るとふらふらするのはアランじゃん。スヴァルくっついていくの大変なんだよ。――って、あんた何笑ってんの？　こっちは真剣なんだからね』

人間の姿ならば頬を膨らませて怒っているのがありありとわかる拗ねた声に、ディアナが思わず笑ってしまうと、抗議するようにスヴァルが軽く身をぶつけてくる。

「すみません。何だか可愛らしく……。ええと、はい。そうですね。大変ですね」

再びふかふかの体当たりをされたので、ディアナは笑いをこらえて頷いた。

そんなことを話しながら先を急いでいると、ふと前方からこちらに近づいてくる足音が聞こえた。少し足早にやってくるその様子を警戒し、スヴァルがアランとディアナの前に出た。するといくらも経たない内に姿を見せたのは、強張った表情を浮かべるエリアスだった。神殿長の見張りについていたはずだが、なぜここにいるのだろう。

「アラン副団長、レイズルと行き合いませんでしたか？」

警戒を解いたディアナはアランと顔を見合わせた。アランが困惑気味に目を瞬《まばた》く。

「ううん。会わなかったよ。何かあったのかな」

「レイズルが書庫の方で何かおかしな気配がすると言って向かったのです。僕はヨルゲン団長に報告をして、今レイズルを追いかけているところなのですが……」

ディアナとアランは再び目を合わせた。

「……もしかして、さっきわたしがファルグに呼ばれた気がしたのは、それですか？」

「どうだろう……。エリアス、団長は何か言っていた？」

軽い態度を引っ込めて真剣みを帯びた顔つきになったアランに問われたエリアスは、同じような顔つきで頷いた。

「クヴィが書庫に施した封鎖は解けていないそうです。レイズルが感じたのなら、この前のように外で何か起こったのではないかとの見解です」

「そっか。じゃあ、俺たちも行くよ。えーと、ディアナ嬢はどうしようか。一緒に連れていってもいいけれども、万が一のことがあるし」

アランが困ったようにディアナを見やる。

「すぐそこなので、わたしは聖堂に行きます。あちらにはヨルゲン団長もいますから、途中で何かあってもどうにかなると思います。彩光石もつけていますし」

　聖堂の尖塔《せんとう》がすぐ近くに見えるのだ。それに彩光石をいくつもつけている。これなら瘴気に侵されることはないだろう。

「うーん……。まあ、大丈夫かな」

『転んで骨を折ったりしないでよ。スヴァル、ファルグに殺されたくないからね』

　少しばかり渋ったが頷いたアランと、心配してくれているのだろうが嫌味を言ってくるスヴァルに頷き、ディアナが駆け出そうとするとエリアスが声をかけてきた。

「待ってくれ、ディアナ君。これを持っていってくれ」

　エリアスが袖口《そでぐち》のカフスを取り外して差し出してきた。

「え？　これって、ご両親から初めて贈られた彩光石なんじゃないんですか？　エリアスさんの瞳の色と同じです」

　エリアスの青く美しい瞳とよく似た彩光石があしらわれたカフスだ。ディアナのブローチと同じ謂《いわ》れの物に違いない。

　驚いてまじまじと見返してしまうと、エリアスは苦く笑った。

「僕を庇って貴女は神獣に噛まれた。罪滅ぼし代わりに持っていてほしい。僕の持っている中で一番瘴気避《よ》けの効果が強い物だ」

　どうやらディアナが噛まれてしまったことを気にしていたらしい。突き返すのも失礼だと思い直し、ディアナはカフスを握りしめた。

「ありがとうございます。――お借りしますね」

ディアナが感謝の笑みを浮かべると、エリアスはほっとした表情を浮かべた。

「気をつけてくれ」

エリアスの案じる声に再度頷いたディアナはカフスをポケットにしまうと、彼らと別れて聖堂目指して駆け出した。

夜も更けた神殿の敷地内は所々に篝火《かがりび》が焚《た》かれていたが、それでも薄暗く人気がない。アランたちと一緒に歩いた時には感じなかった恐ろしさを感じる。

(神殿長様を捕らえた時も騒がしくならなかったし、まだ何が起こっているのか知っている方はほとんどいないのかも)

聖堂の尖塔がさらに近くなり、その大扉の脇にある簡易出入り口に手をかけようとした時だった。

すぐ後ろに誰かが立った気配がして、何気なく振り返ったディアナは大きく目を見開いた。

「レイズル！　エリアスさんが探していましたよ。会えなかったんですか？」

見事な体躯の赤毛の馬の神獣の姿を見つけてディアナが一歩踏み出すと、レイズルは何も言わずにとん、と蹄《ひづめ》で地面を打ち鳴らした。次の瞬間、その足元から赤い霧が湧き出す。そうしてそれはディアナの体をあっという間に包み込んでしまった。

「何を──っ」

うっすらとすえた瘴気の臭いが漂い、ディアナは咄嗟《とっさ》に口と鼻を手で覆った。

(どうしてレイズルが瘴気を──っ)

ずきり、と肩の噛み跡が痛む。そちらを見ると、肩が灰色の靄《もや》のようなものに覆われていた。

ほとんどの瘴気は身に着けていた彩光石が払ってくれたが、噛まれていた肩だけは駄目だったらしい。ディアナは慌てて彩光石があしらわれたブレスレットと指輪をはめた手で、灰色の瘴気を払い落とした。しかしながら何度払っても次から次へと纏わりついてくる。次第に重たくなってきた腕に引きずられるように、ディアナは地面に膝《ひざ》をついてしまった。

慌てるディアナを観察するように睥睨していたレイズルが、こつんと蹄を鳴らす。

『──少し時間がかかったな。小娘、お前エリアスから彩光石を貰っただろう。匂いがする』

「……え？」

痛む腕を押さえてディアナがレイズルを見上げると、赤い馬の神獣は鼻を鳴らした。

『エリアスの彩光石さえなければもっと早くに瘴気に倒れていたものを。せっかく神獣に噛ませたというのに、愛すべき我が主は余計なことをしてくれる』

忌々しそうに吐き捨てたレイズルが地面に膝をつくディアナの傍に近づいた。

「噛ませた……？　まさかあなたは……あの緑の犬の神獣と神獣騎士の方にも瘴気をつけたんですか？　なんでそんなことを……エリアスさんが知ったら、悲しみます！」

余計なこと、というからにはエリアスはおそらく何も知らないのだろう。そうでなければ彩光石のカフスなど渡すはずがない。

『エリアスの出自を持ち出し、不快にさせたことを償わせただけだ。そもそも、私はあの者達にほんの少し助言をしただけだがな。瘴気に触れたのは自業自得だ』

何が悪い、とでもいうようなレイズルが座り込むディアナにその顔を近づけた。窺うようにじろじろと見つめてくる。

『なかなか瘴気が侵食していかないな。……仕方がない』

一体何をしようとしているのかわからず、ディアナは腕を押さえたままこの場から逃れようと立ち上がろうとした。

『逃がすものか。ファルグもすぐには来ない。——恨むならば、ファルグの主になったことを恨め』

瞬く間にレイズルに襟首をくわえられたかと思うと、赤毛の馬の神獣はそのままどこかへと走り出した。

腕を押さえることもできなくなり、徐々に瘴気が腕を侵食していく。痛みや重さを感じる感覚もなくなってきた。意識が朦朧《もうろう》としそうになる度に激しく揺れて、ふっと我に返るのを繰り返す。

（ファルグがすぐにこない、ってファルグに何かしたの？　それとも懲罰房から抜け出すのに時間がかかるから？　恨めって、どうして？）

　思考がうまく纏まらないうちに、唐突にレイズルが足を止めた。急に止まり、ぐっと息が詰まる。ようやく止まったことにほっとしてぼんやりと目を開くとそこは書庫の前だった。

（――エリアスさんに、アラン副団長たち……）

　レイズルの蹄の音に気付いたのか、書庫の扉や周辺を調べていた二人と一匹が振り返り、レイズルにくわえられたディアナを見て驚愕した。

「ディアナ君!?　何をしているんだ、レイズル！」

「ちょっと待って！　ディアナ嬢に瘴気がついていない？」

『あんた、どこでそんな質《たち》の悪そうな瘴気をくっつけてきたんだよ!?』

　慌てふためく彼らに助けを求めてもがいたディアナだったが、そのまま床に半ば落とされるように下ろされた。

「――っ!!」

『瘴気に侵され、混乱して暴れているのを見つけて取り押さえた。これは私には合わない瘴気だ。スヴァルならと連れてきたが……。その様子だと払うのは無理そうだな』

　つらつらと偽りを述べたレイズルに、ディアナは怒りと共に抗議すべくその足をぐっと掴《つか》んだ。

「何を言――」

足を動かされ簡単に振り払われたディアナは、そのまま肩を踏みつけられて、起き上がれなくなってしまった。

(――っ傷を、踏まないで……っ！)

激痛とまではいかないが、灰色の瘴気に覆われた肩に鈍痛が走る。

痛みをこらえる為に歯を食いしばっていると、その間に近づいてきたエリアスがレイズルの足を激しく叩いた。

「足をどかせ、レイズル。いくら混乱して暴れているとしても、踏むな！」

『近づかない方がよろしいかと。貴方《あなた》はこの娘に彩光石のカフスを渡したでしょう。今の貴方はいつも以上に瘴気を引き寄せます』

レイズルが鼻先でやんわりと主を押しやる。それでもエリアスが再び手を伸ばそうとした次の瞬間、建物を揺るがす狼の咆哮《ほうこう》が響き渡り、すぐに何かが崩れるような轟音《ごうおん》がした。

(あの声は……ファルグ！)

あれだけの声が出せることに安心はしたが、次に頭に浮かんだのは聖遺物の封印だ。

(ファルグが懲罰房を壊した？　力を使ったら……聖遺物の封印が解けるかもしれない！)

ディアナが蒼白になった途端、ふっと肩の重みがなくなった。しかしながら安堵する間もなく、再びレイズルに襟首をくわえられる。

「……え？」

体が浮いた。レイズルに放り投げられたのだ、と気付いた時には背中が書庫の扉にぶつかりそうになる。その刹那《せつな》、ふわりと生臭いような暖かい空気が身を包み込み、全身に何かが絡みついた。慌ててつぶりかけていた目を見開いたディアナは、自分の体を捕らえる金色の縄のような物に驚愕した。

「何これ……」

書庫の封鎖が解かれ、大きく開いた扉の中から金色の縄が伸びてきていたのだ。その先は書庫の闇に紛れてどこから伸びているのかわからない。だが、頭の中で警鐘が鳴った。

（逃げないと、大変なことになる）

痺れて動きの鈍い手と足を動かし必死で逃れようとしたが、ずるずると中に引きずり込まれていく。

「ディアナ君！」

駆け寄ったエリアスが必死の形相で手を伸ばすがディアナの手を掴むことは叶《かな》わず、その後ろで「スヴァル！」と叫んだアランに反応したオレンジ色の羊がその毛に雷を纏わせて、こちらに突進してきた。

『邪魔をするな、毛玉』

その後を追いかけてきたレイズルが蹴り飛ばそうと足を振り上げるのを、スヴァルが身軽に躱《かわ》す。その間にもディアナは書庫のさらに奥へと引きずり込まれていってしまった。力の入らない手でどうにか床に爪《つめ》を立てるも止まることなく引っ張られ、焦りのあまり振り返ったその視界に飛び込んできた光景に愕然《がくぜん》とした。

「……うそ、でしょう」

書庫の壁に円環状に描かれていた光る十二神獣の紋章が、両開きの扉のように細く開いていたのだ。その指一本分ほどの隙間《すきま》から出ていた金の縄が、ディアナを捕らえていた物の正体だった。よく見れば、金の縄はディアナの髪によく似た金色の髪だ。

あまりにも信じがたくおぞましい光景に抵抗するのを一瞬やめてしまうと、その隙をついてさらに強く引っ張られる。——と、その時。

『——ディアナを放せ！　過去の妄執が!!』

聞き慣れた朗々とした声。それが今は怒りを帯びて書庫に響き渡った。

ふわりと森の香りがする風が吹いたかと思うと、ディアナの体に絡みついた金色の髪が瞬く間に青い炎に包まれて燃え上がる。青い炎は熱くもなく、ディアナを一切焼くこともなく、金の髪と肩についていた灰色の瘴気だけを燃やした。そうしてそのまま紋章の扉から伸びていた金の髪を焼き尽くしていく。

ようやく拘束と肩の痛みから解放されたディアナは、安堵したと同時にそのまま床へと力なく伏せた。しかしながら、冷たい床に頬がついたと感じたのはほんの一瞬で、ゆっくりと温かくてしっかりとした腕に抱き起こされる。

「……ファルグ」

「大丈夫か？」

満月の双眸でこちらを覗き込んでいたのは、夜空のように艶《つや》やかな漆黒の髪をした青年だった。心配でたまらないといったように眉が下がっていたが、ディアナがその頬に手を添えると強張っていた表情が緩んだ。

「きみが迎えにこないから、破壊して出てきてやったぞ。私は待て、ができない神獣だからな」

にやりと笑うファルグに、ディアナは思わず苦笑してしまった。あまりにもいつものファルグすぎて気が抜けてしまう。

「レイズルがあなたに何かしたんじゃないか、って心配するだけ損でした」

「損なのか？　そこは心配しました、って泣くところだろう」

ファルグが大げさに肩を竦める。それを見たディアナは安心したはずなのになぜか喉の奥からこみ上げてきそうな嗚咽《おえつ》を止めるように、ファルグの胸元に顔を押し付けた。

「あなたが無事でよかった……」

思っていたよりも弱々しい言葉がこぼれ出てしまうと、壊れ物を扱うようにファルグがやんわりと抱きしめてくれた。その唇から小さく安堵の溜息が漏れる。

「――私だってレイズルがきみに何かをするかもしれないと思って、気が気じゃなかったぞ。

まあ……、全くの無事とは言えないようだが」

ディアナを抱えたファルグが後ろを振り返る。書棚が倒れ、本が散乱する中から立派な体躯の赤毛の馬の神獣が傲然《ごうぜん》とこちらを睨み据えていた。

『その娘を捧げれば、聖遺物の封印が全て解けたものを……。さすが偏食狼だ。体に合わない瘴気もわずかな足止めにしかならなかったとはな』

レイズルの告白にディアナが息をのむと、赤毛の馬の神獣の向こうから声が上がった。

「封印を全て解く？　レイズル、お前は……なぜそんなことをしようとした！」

そうレイズルを糾弾したのは、書庫の戸口を塞《ふさ》ぐように立ちはだかるアランとスヴァルの前で、険しい表情を浮かべ立ち尽くしていたエリアスだった。

『心外ですね。貴方の望みを叶える為だというのに』

「僕の、望み？」

エリアスが怪訝そうに自分の神獣を見やる。

『——強い神獣を従えて神獣騎士団長として上り詰め、自分を虐げていたくせに掌を返して媚びる家族を見下したい。これだけ気を配り貢献しているというのに、評価も感謝も足りない。やる気だけは無駄にある虚弱で世間知らずな小娘になど庇われたくはない』

「何を、言っているんだ」

滔々《とうとう》と歌うように語るレイズルの声に、エリアスは顔面蒼白になってあえぐように口を動かした。

『自分は瘴気に怯《おび》えるしかない他の人間とは違う。神獣に、地母神様に選ばれた人間なのだ。

――そんな欲望と高慢さを貴方は清廉なその顔の下に抱えている』

がつん、と大きく蹄が鳴る。その足元から湧き水のように噴き出した赤い霧が瞬く間にエリアスを包み込んだかと思うと、細く開いた紋章の扉の前に放り出した。

『さあ、エリアス、聖遺物を手にしてこの大陸に君臨すればいい。聖遺物の力は絶大だ。手に取るだけで、貴方の望みは大体のことが叶いますよ。聖遺物の話を耳にした時、貴方はさも物欲しげな顔をしていた』

息詰まるような沈黙の中、エリアスは紋章の扉を背に座ったまま静かにレイズルを見上げた。

「僕は……聖遺物を欲しいとも、お前の言う欲望も、一切言ってはいない！」

毅然《きぜん》と否定するエリアスにディアナが少しだけほっとしていると、ほんのわずかな静寂の後、レイズルが哄笑《こうしょう》した。

『ええそうでしょうとも。見事に隠していた。エリアス・カッセルという温厚で生真面目《きまじめ》な仮面を被《かぶ》っていた。それが滑稽《こっけい》で憐《あわ》れで……。――最期まで見届けてやろうと思っていたのに、拒むのか』

あっと思った時にはエリアスの馬の紋章が浮かんだ左目が赤い霧に包まれ、どろりと溶けた。

「――……ああああああっ!!」

耳を塞ぎたくなるようなエリアスの絶叫が書庫内に木霊《こだま》する。

目の前で起こった惨劇に、ディアナは戦慄《せんりつ》を覚えるよりも先に頭が真っ白になった。

『契約を切ったか？』

ファルグの緊迫した声にはっと我に返ったディアナは、呻くエリアスには見向きもせずに書庫の出口目掛けて駆け出そうとするレイズルの後ろを見て、息をのんだ。

「エリアスさん！」

少しだけ開いていた扉絵から再び出てきた金色の髪が、素早くレイズルとうずくまったエリアスに絡みついたのだ。さらに金の髪はディアナとファルグの方へと迫ってくる。

瞬時に黒い狼の姿に戻ったファルグが大きく遠吠《とおぼ》えをした。

――ウォオオオオン
金の髪がファルグの咆哮に恐れをなして引っ込む。しかしながらエリアスは解放されず扉の向こうへ連れていかれそうになるのを目にしたディアナは動きの悪い足を叱咤《しった》して立ち上がり、飛びつくようにしがみついた。そのディアナを金の髪を引きちぎったレイズルが後ろ脚で蹴《け》り飛ばそうとする。ディアナは身を固くして叫んだ。

「ファルグ、焼いてください！」

ディアナの懇願に、舌打ちをしたファルグが再び青い炎を発生させる。エリアスを捕らえた金の髪はあっという間に燃え尽き、レイズルを下がらせそのまま風炎が勢いよく扉を閉じた。

すぐさま踵を返し逃げ出すレイズルにファルグが怒りの声を上げる。

『――レイズル！　私の主を害してそのまま逃げられると思うな！』

赤青黒と様々な色の炎を纏ったファルグは書庫の戸口でスヴァルに足止めをされていたレイズルへと駆け寄り、その首に食らいついた。瞬く間にレイズルの体が真っ赤《まか》な炎に包まれて燃え上がる。ファルグが飛びのくように離れた。

『このくらいの火など、すぐに……っ。――よせ、やめろ、やめろおおおっ！』

炎を振り落とそうとレイズルが赤い霧を発生させたが、すぐに炎の勢いにのみ込まれ、音を立ててその場に倒れ込んだ。ふっとレイズルを焼いた炎が消える。その傍に悠然《ゆうぜん》と佇《たたず》むのは様々な色の炎を纏う黒い狼の神獣だ。その姿は荒々しい闘神のようにさえも見えた。

「――……ファルグ」

窺うようにディアナが呼びかけると、黒い狼の神獣は首を巡らして振り返った。満月の双眸には未《いま》だにたぎるような怒りがある。

『こっちを見ない方がいいぞ。気分のいいものじゃない』

思いのほか落ち着いた声音にほっとしたディアナは、逆にその声に視線が吸い寄せられてしまった。焼けただれているかと思いきや、その全身は木炭のように黒ずみ蹄の先が欠けていた。まだ息があるようだが、時間の問題かもしれない。

レイズルの赤黒い目がぎろりとこちらを見やる。ディアナを睨む目にはまだ諦《あきら》めの色はない。

『今度は小娘、お前の方が余計なことをしてくれたな。お前が助けなければ、エリアスも救われただろうに』

喉も焼かれたのか、レイズルはしゃがれた声で言い募りながら、砕けた蹄でどうにか立とうと身を起こした。ファルグが警戒するように身を低くする。

『そんな体でまだ逃げるつもりか』

『半身を得ていないお前に消されるなど、こんな屈辱耐えられるものか』

砕けた蹄の先でとん、と地面を叩くと、ふわりと赤い霧がレイズルを包み込む。同時に再びファルグの周囲に様々な色の炎が出現する。

よろめきつつも立ち上がったレイズルが、焼け焦げて短くなった尾をゆらりと振った。

『一度扉が開いた。聖遺物を集めたがっている奴らがやってくるぞ。半身を奪われないようにせいぜい奮闘するんだな』

『お前の忠告など余計なお世話だ』

ファルグが吐いた赤い炎がその身に届くよりも前に、レイズルが操る赤い霧が一気に広がりその姿を覆い隠す。ファルグの炎によって霧が晴らされた後、そこには誰もおらず、床に黒く焦げた跡があるのみだった。

あまりにも静かな去り方に、ディアナは目を瞬いた。

「……え？　あの体で逃げたんですか!?」

『私の目の前で消滅するかもしれないのが、よっぽど嫌だったんだろう』

ふんと鼻を鳴らしたファルグは、ディアナが支えているエリアスを胡乱気《うろんげ》に見据えた。

『にしても、対価を半分しか持っていかなかったな。もしあいつが消滅せずに回復したら、必ず残りを取りにくるぞ。神獣の執着は恐ろしいからな』

左目を押さえて身動きしなかったエリアスが、痛むのか緩慢な動作で顔を上げる。

「……対価は、左目だけだ」

『いいや、お前の契約の対価は両目だ。レイズルは片目だけで満足するような奴じゃない。右目の紋章は目には見えないようにしていただけだ。お前が知らないとなると……あいつ、性悪すぎるだろう』

自分も大して変わらないというのに、ファルグが鼻の頭に皺《しわ》を寄せた。

残った片目を大きく見開き、茫然《ぼうぜん》自失としてしまったエリアスが倒れそうになったので、ディアナは支える腕に慌てて力を込めた。その腕をエリアスが思わぬ力で振り払う。

「貴女に助けられる資格などない。僕は……レイズルの言うように高慢な人間だ」

倒れかけたエリアスは自らの両手を床につき、かろうじて倒れるのを留《とど》めた。

「……僕はカッセル公爵の庶子だ。レイズルと契約できた時には、これで冷遇するあいつらを見下してやれる、と歓喜した」

ディアナはぐっと唇を噛みしめた。

エリアスがどういう風に育ったのかわからないが、この様子をみるとあまり幸福な育ちではなかったのだろう。失敗できない重責で日々、気が張り詰めていたのかもしれない。

「不貞の子の噂がある貴女も僕と同じだろう、と思った。でも貴女は、神獣騎士になったことを驕《おご》らず前向きでいつも楽しげにしていた。何より瘴気耐性が低いのに、全身を対価に差し出して自分のことよりも他人を助ける。そんな貴女の自己犠牲が僕は……嫌いだった」

面と向かって嫌いだ、と言われたのは初めてだった。それでも疲れたような口調で告げてくるエリアスには、怒りも悲しみも湧かなかった。こういうところが嫌いだと思われてしまうのかもしれない。

ディアナは俯《うつむ》くエリアスの前に借りていた彩光石のカフスを置くと、真《ま》っ直《す》ぐに見据えた。

「わたしが全身を対価に契約したのは……生きたかったからです。自己犠牲なんて高尚なものじゃありません。瘴気に悩まない健康な体を手に入れて、いろんなものを見てみたかった。もっと言えば、親にかまわれなかった寂しさを埋めようとしただけの、私欲まみれの契約です」

神獣騎士になりたかったのは全部自分の為だ。人々の生活の安寧を守るということの前に、瘴気の苦痛から解放されたかった。自分勝手で我儘《わがまま》なだけなのだ。

ふと、ディアナの傍に黒い狼姿のファルグが寄り添ってきたかと思うと、喉の奥で笑った。

『まあ、きみも父親を見返してやる、と意気込んでいたしなあ』

　エリアスはディアナやファルグの言葉を聞いても何も言い返しては来なかった。その代わり、肩を小刻みに揺らして、小さく笑い出す。ひとしきり笑ったエリアスは、脱力したように細く溜息をついた。

「――ああ、本当に僕は、滑稽な主だった。レイズルの本質も見抜けずに契約し、見下していた貴女の本心も知ろうとしなかった。これなら、契約を切られても当然……」

　ふらりとエリアスの体が傾ぐ。慌てて手を出そうとしたディアナの手を、エリアスはそれでも拒んだ。そこへさっと受け止める腕が伸びてくる。腕の主を辿ったディアナはほっと表情を緩めた。

「ヨルゲン団長……」

「大丈夫ですか？　エリアスは私が施療院に運びましょう」

　神獣騎士団長がおっとりと微笑んで請け負ってくれる。エリアスはすでに意識を手放していて、微動だにしていなかった。

「ディアナ嬢も施療院に行った方がいいよ。ここは俺が見張っておくから」

　警戒を滲《にじ》ませるアランがちらりと閉まった扉の方へと視線を向ける。その足元では雷を纏ったスヴァルが威嚇するようにじっと扉を睨み据えていた。扉からは未だに薄く光が漏れているのが見えて、いつまたあの金の縄が出てくるかと思うとぞっとする。

『やって来るのが遅くないか？　レイズルを取り逃したぞ』

ファルグが不満をぶつけると、ヨルゲンの肩に止まっていたクヴィがけたたましく騒いだ。

『はあ⁉　てめえらが盛大に暴れるから、外に影響が出ないように俺の力で抑えてやっていたんだぞ。書庫だけで済んだのをありがたがれよ‼』

『ふん、それはそれはご苦労なことだったな』

『いや、それ感謝じゃねえよな⁉　大体お前が懲罰房を壊し――ふぎゅ』

食って掛かったクヴィをヨルゲンがやれやれというように嘴《くちばし》を掴んで黙らせる。その間にファルグは白い炎を吐いて人間の青年の姿になりディアナを抱き上げると、書庫の外へと出ていった。

＊＊＊

書庫を出ると、あれほどの騒ぎがあったというのに人だかりができているということはなく、数人の神獣騎士と神獣がいるだけだった。ディアナたちの姿を見ると、恐々とした視線を向けられたが行く手を阻まれることはなかった。

「あんなに騒いだのに、出てきている方が少ないですね」

「それなりに強い神獣じゃなければ、あの騒動に巻き込まれたら無傷じゃ済まないからだろうな。神獣が宿舎から主を出さないようにしていたんだろう」

ファルグが少しばかり眠そうに欠伸《あくび》をした。ディアナもそれにつられるように欠伸をしてしまう。揺れる振動が疲れた体に心地よく、ともすれば眠ってしまいそうになる。

眠気を晴らそうとディアナは軽く頭を振った。そんなディアナにファルグは笑った。

「眠いなら寝ればいい。疲れているだろう」

「いえ、大丈夫です。聞きたいことがあるので」

ファルグが問うような視線を向けてくる。

「さっきレイズルが聖遺物を集めたがっている奴ら、とか言っていましたよね。もしかして聖遺物はこの国の他にもあるんですか？」

扉が開いてしまったのなら、なにかしら不具合が出てくるのはわかる。ただ、あの言い方では他にもあるように聞こえた。

ファルグはディアナを抱えたまま黙って見下ろしてきた。黄金の双眸をじっと見返すと、彼はしばらくして口元だけで笑った。

「他の国の都も、クレメラの王都と同じように瘴気や魔獣が少ないというのがその答えだ」

ディアナは大きく目を見張り、ぐっと唇を噛みしめた。ぞわりと背筋に悪寒が走る。

（他にも地母神様と同じような人間がいた、ってこと？　それとも——地母神様の聖遺物……

遺骸《いがい》がそれぞれの国ある、ということなの?)

そうだとしたら、おぞましくも悲しく、そして人々の平穏の為には個人の正義感だけで暴いてはいけない事実だ。

ディアナが顔色を失うと、ファルグが宥めるように頬に口づけてきた。

「集めたとしても、瘴気が蔓延《まんえん》するだけだ。そんな労力に見合わないことをする馬鹿な奴らなんかほとんどいない」

「でも、封印が少し解けてしまっていたら、馬鹿なことを考える方もいるかもしれません」

聖遺物は瘴気を集め瘴気を消し、魔獣を退けるのだ。レイズルの言っていた通り大陸に君臨することもできそうだ。

「祝祭が終われば封印も元に戻る。そうすれば私も遠慮なく力を使えるんだ。心配するな。まあ──そんなに不安なら、私と半身になればいい。命を脅《おびや》かされることはなくなるぞ」

深刻な気配など微塵《みじん》も見せず、ファルグが今度は額に唇を寄せた。その次は瞼《まぶた》、頬、と続き、鼻に唇を押し付けてくると、ディアナはそこでようやく我に返り、ファルグの口を手で覆って止めた。

「な、何をするんですか。こんな所で」

「誰も見ていないならいいときみが言ったんじゃないか」

「言っていません!」

見ているから駄目だ、とは言ったが、見ていないならいいとは言っていない。頬を赤らめて抗議すると、ファルグは不満げに眉を顰めた。

「どうして触れたら駄目なんだ。きみは私に会いたかったんだろう。まさかあれは瘴気を払ってくれる神獣に会えて安心した、なんていう意味だったとは言わないだろうな」

「……そ、そんなわけがないじゃないですか」

ぐっと言葉に詰まって、ディアナは唇を引き結んだ。

「じゃあ、何だ？　どうして私に会いたかったんだ」

追及してくるファルグの黄金の双眸が期待するような熱を伴って、ディアナを見据えてくる。

「それは……」

こくり、と喉を鳴らしてファルグを見返したディアナは早く言わなければ、という焦りと羞《しゅう》恥《ち》で回る思考に突き動かされるように、すっと片手を伸ばした。

そのまま顔を上げてファルグの頭を引き寄せると、こつんと自分の額を彼の秀でた額にぶつけた。

「こ、こういうことです！」

ファルグならこの意味をわかってくれるだろう、とばかりに真っ赤になって叫ぶ。心臓が早鐘を打ち、反応を窺うようにちらりと視線を上げると、彼はぽかんとしていた。

「……は？　どういうことだ」

「え？」

「頭をぶつけてきて、それがどういうことなんだ。ちゃんと答えてくれ」

本気でわからない、と不可思議そうな表情を浮かべるファルグにディアナは羞恥も忘れて戸惑いがちに口を開いた。

「神獣は頭をぶつけるのが愛情表現だって、ファルグが言ったんですよ」

「私が？　いつだ」

「今朝《けさ》、祝祭の正装を試着した時です。おでこをぶつけてきて、そう言いました」

「そんなことは……。──いや待て、言ったな。……なるほど。ははは、きみはあの冗談を信じたのか」

不審そうに眉を顰めていたファルグが、はっと思い出したように目を見開き、次いで声を上げて笑った。

「あれって冗談だったんですか⁉」

からかっているのかもしれない、とは思ったが本当に冗談だったとは思わなかった。

信じてしまった羞恥と、ファルグに気持ちを知られてしまった羞恥にさっきよりも熱くなった顔を両手で覆って隠す。

「──ディアナ、顔を見せろ」

「……嫌です。冗談を言ったファルグが悪いんです。笑いますし」

思ったよりも柔らかな声で促されたが、ディアナは顔を隠したまま首を横に振った。

「そうだな。冗談を言って、笑った私が悪かった。だから顔を見せてくれ」

ファルグが自分の額をディアナの額にこつりと当ててくる。そのまま遠ざかる気配がないので、ディアナはしばらくすると少しだけ手をずらして目を覗かせた。

鮮やかな向日葵《ひまわり》の虹彩《こうさい》が間近に見えて、目が離せなくなる。

「まったくきみは……私の予想を上回ってくるな。私の言ったことを覚えていて、あんな風に答えてくるとは思わなかったぞ。本当にきみは退屈しないな」

こちらを見つめる黄金の双眸が蜂蜜《はちみつ》のように甘く艶《つや》めく。そこには偽りの色は見られない。

「私はきみから貰う言葉が好きなんだ。――信頼している、あなたがいるからここにいられる、救ってくれた、頭を撫でられると嬉しい、会いたかった、話せないとつまらない、無事でよかった。――みんなきみが言った言葉だ。私にこんなことを言った者は誰もいない」

語られる言葉の数々に、ディアナはぎゅっと胸が詰まった。

(どうしてそんなに覚えているの……)

その意味を察してしまうと、どうしようもなく胸が騒ぐ。

「半身の香りがするから半身にしたいわけでも、きみが瘴気を集めるから半身にしたいわけでもないんだ」

額を離したファルグがそっと顔を半分覆ったままのディアナの片手を取って、掌に浮かんだ紋章に口づけた。

「お人よしで、神獣や魔獣を見れば調べたいと騒ぎ、瘴気耐性が低いとわかっているのに妙な度胸を発揮する。前向きかと思えば寂しがりやで強情だ。そんなきみが可愛らしくて放っておけなくて、半身にしたいんだ」

ファルグの言葉はおおよそ褒めているとは思えないもののその響きは優しくて、ディアナの心に染み込むように広がり、温かな思いに満たされる。

「だからディアナ、私と一緒に生きてくれないか」

真摯な目が真っ直ぐに向けられて、包み込むように手を握られる。それはどこか懇願にも似て、必死だった。

（こんなにはっきりと自分の気持ちを言ってくれるなんて……。わたしもきちんと答えないと）

ディアナはそんなファルグから目を逸らすことなく、その手を握り返した。そうして抱えられていた腕の中から下り、その正面に真っ直ぐに立つ。

「わたし……あなたのことが好きです。だからあなたに会いたかったんです」

今度は羞恥を覚えていても、すんなりと言えた。

こちらを見返すファルグの瞳から緊張が消え、愛《いと》おしむような目を向けてくる。それに応えるように小さく微笑んだディアナはさらに言葉を重ねた。

「悪逆非道だなんて言われていても、全然気にしないで無茶苦茶な行動をしてわたしをいつも振り回しますけれども、一緒にいるのは楽しかったんです。寂しさを感じる暇なんかなかった。ずっと行きたかったハーヴィストの領地に行く約束だってしてくれました」

見るもの聞くもの全てが新鮮で、寂しいなんて思う暇などなかった。体調不良に悩まされることなく歩きたいと思った願いを叶えてくれたのはファルグだ。

「でも、それを自覚したのはついさっきなんです。幽閉されていたあなたがわたしに会えて喜んでくれたのを見て、それまで本当にそうなのか不安だったのに、はっきりとわかりました」

遅かったじゃないか、と憎まれ口を叩くのに、その声が弾んでいたことに気付いてしまった。そのことに、はっきりと自分の思いを自覚した。だからこそ。

「だからまだ、あなたの半身になる覚悟ができていないんです。あなたのことは好きです。でも覚悟もないのに半身になります、なんて言えません」

こんなことを言えば、ファルグは怒るかもしれない。あんなにもはっきりと思いを示してもらったのに、勢いに任せて半身になると頷くことができない自分は臆病者《おくびょう》だ。

口を挟むことなくディアナの言葉を聞いてくれていたファルグの反応が怖くなり、徐々に視線が下がっていく。気付かない内に襟元のブローチを握りしめた時だった。

「それはつまり……もう少し待てばきみは私と半身になってくれる、ということだな」

「え？」

「違うのか？　覚悟が決まれば、きみは私と半身になるつもりはあるんじゃないのか」

不思議そうに問いかけてくるファルグに、虚を突かれたディアナは問い返してしまった。

「覚悟がいつ決まるかわからないのに、待ってくれるんですか？」

「想いを返してくれない相手を待ってもどうしようもないが、きみは私を好いてくれているんだろう？　それなら、少し待つくらいなんでもない」

にやりと笑ったファルグは、ディアナの顔を覗き込んできた。

「きみの覚悟が決まるまで、私は待っていてもいいのか？」

ディアナの答えをわかっているような声と表情に、ディアナは少しだけ笑ってしまった。

「――はい。待っていてもらえると、嬉しいです」

満面の笑みを浮かべると、ファルグはディアナの頬にそっと触れた。

「ああ、待っていてやるとも。神獣騎士をやっていれば退屈しないだろうしな。……まあ、できれば、なるべく早く覚悟を決めてほしいんだが」

「ど、努力します」

努力でどうにかなるのかは置いておくとして、ファルグが顔を近づけてきたことにディアナは思わず目を伏せた。その額にファルグの唇が触れる。

（あれ……？）

思っていた場所ではなかったことに拍子抜けしてしまったディアナは、油断していた。

ふっと力が抜けた唇に、ファルグが噛みつくように唇を押し付けてきたのだ。

「…………んっ」

混乱するまま縋るようにファルグの胸元を握りしめると、体を抱きかかえていた腕が強くなった。

ようやく唇が離れると、呆然《ぼうぜん》と目を見開いたディアナの目には滴るような色気を纏うファルグの顔があり、思わず悲鳴をのみ込んだ。

「――っだ、駄目だって言ったじゃないですか」

これ以上もなくどきどきとうるさい心臓を抱えてどうにかそれだけ告げる。するとファルグは悪びれもせずに笑った。

「駄目だとは言われたが、嫌だとは言われていない。それとも嫌だったのか？」

「……嫌じゃないです」

屁理屈《へりくつ》を言うファルグに、ディアナは悔しくなりながらも小さく呟いた。

エピローグ

地母神の祝祭当日の早朝、まだ日が昇る前、神殿内の聖堂の閉ざされた扉の前に、正装を身に着けた神獣騎士たちが自分の神獣と共に整然と並んでいた。開始時刻までは時間がある為《ため》、少しだけ騒がしい。

太陽が姿を見せると地母神の祝祭の開始だ。聖堂で神官たちが祈りをささげた後、王都へと向かう。

(列の先頭は新人が歩くって知っていたのに、どういうことなのかわかっていなかったわ……)

ディアナは神獣騎士たちの先頭に立ち、気を落ち着けるように真新しい正装の胸元に手を当てた。もう片方の手には先頭を行く神獣騎士を示す祭礼用の錫杖《しゃくじょう》が握られている。様々な色の彩光石がちりばめられた錫杖は細く見えても案外重い。その傍らにファルグはいない。所用で少し傍《そば》を離れているのだ。

「ディアナさん、もし途中でこれ以上歩けなくなるようでしたら、ファルグに頼ってしまってかまいませんので」

ふいに遅れてやってきたヨルゲンが近づいてきたかと思うと、そう助言をしてくれた。いつも肩にいるクヴィはそこにはいない。その代わりとでも言うようにスヴァルを連れたアランが後ろに付き従っている。どちらもまさに神獣騎士、といったように祭礼用の正装が似合っていて惚《ほ》れ惚れしてしまう。

「いいんですか？」

「ええ。重い正装と聖具を持って王都を一日中練り歩くのです。新人だとさすがに体力が持ちません。先頭だとなおさら目立ちますので」

聞けば、ディアナが知らなかっただけで、新人神獣騎士は各々の神獣が持つ力に頼ったり、獣の姿となった神獣の背に乗せてもらったりしているらしい。考えてみればディアナのように貴族令嬢が神獣と契約することもあるのだ。何もおかしくはない。

「新人神獣騎士のお披露目も兼ねているんだから、派手にやっちゃってもいいよー。その方が見物客が喜ぶから」

『アランはやりすぎ。店が焦げた、って苦情が来ていたじゃん。スヴァルは何度もいいの？　って確かめたのに』

アランが笑いながら呆《あき》れるスヴァルのオレンジの毛並みを撫《な》でる。アランの時には相当派手にやらかしたのかもしれない。ヨルゲンが困ったように笑っている。

『――へえ、それなら遠慮なくやってもかまわないんだな』

ふと、面白がるような声が聞こえたかと思うと、滑り込むように黒い狼《おおかみ》姿のファルグがディアナの足元に現れた。その背中には白梟《ふくろう》のクヴィが乗っている。

『お前も駄目じゃねえ？　そこら中を火の海にしそうだしよ』

　ふわりと舞い上がったクヴィが定位置のヨルゲンの肩に降り立つ。

『今度はがっちがちに書庫の扉を固めておいたぜ。もし開きそうになったら、ファルグの炎に灰も残さず燃える仕様だ』

「ありがとうございます、クヴィ。ファルグも協力を申し出てくれるとは思いませんでした。貴方《あなた》の力なら早々には開けられないでしょう」

『またディアナが巻き込まれるのはごめんだからな。今度レイズルのような奴《やつ》が出てきたら、主《あるじ》ともども容赦なく燃やし尽くすぞ』

　ディアナの掌《てのひら》の下に鼻先を押し付けたファルグが凄《すご》むように後ろの神獣たちへと視線を送ると、彼らは一斉に身を強張《こわば》らせたようだった。

「威嚇《いかく》しないでください。これから歩くのに萎縮させてどうするんですか」

　威嚇するファルグを宥《なだ》めるように撫でたディアナは、ふとヨルゲンを躊躇《ためら》いがちに見た。

「それであの……エリアスさんの容体はどうですか？」

　ヨルゲンが遅れてきたのは、対価の目を取られたエリアスの様子を見に行っていたのだと知っている。神獣騎士団長は笑みを消して眉《まゆ》を下げた。

「体の方は大丈夫そうですが、やはり心の回復には時間がかかるでしょう」

「……やっぱり、幽閉になりますか？」

「──ええ。レイズルがいつ残った対価を取りにくるのかわかりませんので、そうなります」

レイズルが対価を取りにきた時の被害を考えれば、実家に戻すことはできないのだろう。ただ、ある意味エリアスには幽閉の方がまだましなのかもしれない。

（カッセル公爵家に戻されても、エリアスさんが幸せだとは思えないし……）

エリアスの告白が思い出されて、ディアナは胸が痛んだが、ファルグが不満そうにディアナの足を尾で叩《たた》いてきた。

『きみが助けたせいじゃない。思いつめるな』

「そんな顔をしていましたか？　大丈夫です。わたしのせいだとは思っていませんから」

レイズルが助けなければエリアスは救われただろうに、と言っていたが、それでも助けなくてよかったとは思わない。もしかするとこれにもエリアスは苛立《いらだ》つのかもしれないが。

「では、ディアナさん、よろしくお願いします」

「頑張ってね、ディアナ嬢」

ヨルゲンたちが列の最後尾へと行ってしまうと段々と緊張感が増してくる。

うっすらと周囲が明るくなってきた。神殿の大扉の両脇《りょうわき》に数名の神官たちが並び、ゆっくりと扉が開く。中の参列席にずらりと並ぶのは各国の貴人や貴族、そしてそれぞれの神殿の神官たちだ。その視線が一斉にディアナとファルグへと向けられる。

その中に、やはり神殿狩人《かりゅうど》の正装を纏《まと》った父の姿を見つけた。

ハーヴィストの屋敷で別れた後、神殿内も落ち着かなかった為、まだしっかりと顔を合わせて話をしていない。

(神獣騎士を続けるのはもう反対しないと思うけれども、半身の件は納得していないわよね)

それを思うと、少し気まずい。

ディアナは父が真顔ながらも励ますように小さく頷《うなず》いてくれたのを見て、ぎこちなく微笑《ほほえ》んだ。

その時、ファルグがふうっと白い炎を吐いた。周囲が騒《ざわ》めくのを耳にしつつ、焦ったディアナがそちらを向くと、その体がぐっと持ち上げられた。

「な、なにをしているんですか!」

小声で抗議したディアナを腕に座らせるように抱え上げているのは、夜空の髪色をした青年姿のファルグだ。満月の双眸《そうぼう》が悪戯《いたずら》っぽく細められる。

「言ったじゃないか。こうしていればきみが悪逆非道のファルグを従えていると一目でわかる、と。遠慮なくやっていいと言われたしな」

「あれ、本気だったんですか⁉　下ろしてください。皆さんが困っています」

何とも言えない困惑した空気が漂っているのがわかる。いくらなんでも初めから神獣に抱えられている神獣騎士はいない。

「私と半身になると言ったら下ろしてやる」

耳元でそう囁《ささや》かれ、ディアナは唖然《あぜん》としてしまった。待つとは言ってくれたが、隙《すき》あらばそれを持ち出してくるらしい。慌てるあまりうっかり頷いてしまうのを狙《ねら》っているのかもしれないが、時と場合を考えてほしい。

「――答えは？　ディアナ」

顔を覗《のぞ》き込まれ、向日葵《ひまわり》のような虹彩《こうさい》が真っ直《す》ぐにこちらに向けられる。

ディアナは後ろで憐《あわ》みと驚愕《きょうがく》の表情を浮かべる神獣騎士や神獣に、助けを求めるように視線を向けてみたが、無理だというように一斉に首を横に振られてしまった。

「ディアナ、答えてくれないか？」

媚《こ》びるような声音に懇願が混じっているような気がしたが、今は向き合っている場合ではない。

「――……よ、予定で」

自分の将来と今現在進行中の羞恥《しゅうち》を天秤《てんびん》にかけ、ディアナは苦渋の決断をした。

「予定ときたか。本当にきみは手ごわい」

「手ごわいのはファルグじゃないですか……。もういいです。このまま早く進んでください」

ディアナの返答が気に入ったのか、見えない尾を振るような様子でファルグが足を踏み出す。

――と。

「娘から離れろ、このケダモノが！」

唐突に聖堂内に怒声が響いた。恐る恐るそちらを見たディアナが見たものは、魔獣が乗り移ったかのような形相の父が槍《やり》を構えてこちらに来ようとする姿だった。

(い、今の話が聞こえているわけがないわよね？)

少し離れているというのに聞こえていたとしたら、とんだ地獄耳だ。

父のすぐ傍にいた神殿狩人たちが数人がかりで止めているが、時間の問題かもしれない。

ディアナが若干青ざめていると、ファルグが苦々しそうに嘆息した。

「……やっぱり、消すか？」

「絶対に駄目です！」

胸倉を掴《つか》んで睨《にら》み据えると、ファルグはディアナを抱えていない方の手をその上に重ねてきた。

「きみの頼みなら、やめよう。嫌われるのはこたえるからな」

大きくて安心できる手がディアナの手を包み込み、掌の紋章に口づけた。その仕草も視線もディアナの気持ちを知っているせいか、いつも以上に甘やかで、眩暈《めまい》がしてきそうになる。

(悪逆非道の神獣ファルグはどこへ行ったの……)

父の怒声が近づいてくるのを聞きながら、ディアナはファルグの顔をそっと押しやった。

あとがき

はじめまして。またはかなりお久しぶりです。紫月恵里です。

様々な作品がある中、本作品を選んでいただきましてありがとうございます。

前シリーズを読んでいただいていました方々にはお世話になりました。また新作も楽しんでもらえると嬉しいです。

今回はなんとあとがきが四ページ！　こんなに多い枚数を書いたことがなかったと記憶していますので、どうしようかと狼狽えています……。逆に枚数が少ないとそれはそれでどこを削ってどこを書いて、と試行錯誤するのですが。

とりあえず、今回の作品についての話をしようと思います。ネタバレにならないように書くつもりですが、気になる方は本文をお読みになられてからの方がいいかもしれません。

今回も前作と同様に人外との主従契約ものです。前作のヒロインは従者の立場でしたが、今作のヒロインは主になります。

どんなヒロインを持ってくるのか迷い、主のはずなのに従う立場の神獣が偉そう、という形に落ち着きました。

　ヒロインのディアナですが、当初は敬語で喋るヒロインではありませんでした。偉そうな態度の神獣の主になるのだから、強気な感じでいこう、と書き始めたものの、少し喋り方がきつくなってしまって没になり、現在の感じになりました。今初校を読み返してみると、あのままでなくてよかったと、指摘していただきました担当様には感謝しています。下手をするとヒーローとくっつけるのに、なおさら苦労したかもしれません。気が強いというよりも、ちょっと上から目線すぎましたので……。

　そういえばそのディアナが作中で頻繁に倒れるのですが、私も改稿中、軽い熱中症で倒れました。すうっと血の気が引いたかと思うと、気持ち悪くなり起きていられなくて横になってしまったんですよね。幸い、すぐに水分補給等ができましたので大事には至りませんでしたが、あれは怖かった。ディアナには何度も倒れさせたので、ちょっと反省しています。

　お次はヒーローの神獣ファルグについて。

　前回のお相手は竜で鱗が固かったので、今度はモフモフでしょう！　と狼です。いつものことながら単純です。そしてスキンシップが多めなので、少し犬よりに書きすぎたような気もします。それでも狼も親愛の印でグルーミングをしたり、番とは一生添い遂げるそうですから、間違ってはいないよね、とおそるおそる書いてはいました。

ファルグはディアナとは違い最初からほとんど変わってはいません。ただ、偉そうで裏があるという設定にしたせいなのか、なかなかうまく動かせず手こずりました。ようやくディアナに絆され始めてくれた時には、本当にほっとしました。そこからはよく動いてくれるという……。本当に、あの苦労は何だったんでしょうか。

あと、作中ではそれほど目立っていませんでしたが、十二神獣のモチーフは干支の十二支になります。星座と迷いましたが、色々な動物を出したいからと、こちらになりました。できれば関係性も入れてみたかったのですが、それをすると収集がつかなくなりそうなので見送ることに。

十二種族全部は出せませんでしたが、様々な色やサイズの神獣を考えるのは楽しかったです。手のひらサイズのカラフルな神獣がディアナに群がっているシーンはけっこうお気に入りです。

神獣といえば、神獣騎士団の面々も楽しく書かせてもらいました。色々な主従関係を書くのが楽しすぎて書き込みすぎた挙句、主人公たちがかすむということをしでかし、かなり削ることになりましたが……。もふもふの神獣が主に懐いているのを書くのは和むので、どうしても入れたくなってしまうんですよね。

和んだところで、そろそろ紙面も尽きてきましたので、ここからは謝辞を。

イラストを引き受けて下さいました、まろ先生。中々原稿が仕上がらない中、スピーディーにカバーやピンナップ、挿絵を描いていただきまして、ありがとうございます。ディアナは可愛らしく、ファルグは色香漂う印象そのままで、改稿中の励みになりました！　神獣騎士団の面々も、想像通りに描いていただきまして華やかさに圧倒されました。羊と梟のモフモフの神獣には顔を埋めたくなります……。

そして毎回中々原稿が進まず、本当に担当様にはご迷惑をおかけしました。自分でもかなり迷走していたと思います。そして思いっきり脇役や世界観の設定を書きすぎてしまいましたので、削り作業を監督していただいて本当に助かりました。頭の中にある設定をどこまで書いたらいいのか、毎回悩みます。

さらにこの作品を製作するにあたり、ご協力いただきました方々にお礼申し上げます。長いタイトルが綺麗に収まっているのを見た時には、感動しました。

最後になりましたが、読者様に感謝を。

すぐに倒れる最弱令嬢と、悪評まみれなのに気にしない神獣のやり取りを、皆様の貴重な時間に楽しんでいただけますと嬉しいです。

それでは、またお目にかかれることを願いつつ。

紫月恵里

一迅社文庫アイリス

女だとばれたら即死亡？　男装乙女の学院生活★

『わけあり招喚士の婚約
冥府の迎えは拒否します』

著者・紫月恵里
イラスト：伊藤明十

わたし、女だとばれたら死んでしまうらしいです。幼い日に短命の神託を受けたファニーは、神様と契約＆男として生きることでなんとか延命に成功！――したものの、成長し契約の期限切れが迫ったところで提案されたのは、招喚士の青年貴族との婚姻だった!?　婚約回避のため、条件つきで招喚士学院に男として入学するけれど、同室の男の先輩に女だとばれてしまって…!?　クセあり招還士＆院生いっぱいの男装学院生活スタートします！

IRIS ICHIJINSHA 一迅社文庫アイリス

引きこもり姫の結婚相手は、獅子の頭の王子様⁉

『旦那様の頭が獣なのはどうも私のせいらしい』

負の感情を持つ人の頭が獣に変化して見えることから引きこもっていたローゼマリー姫。頭が獣に変わらないクラウディオ王子に出会い彼とスピード結婚するけれど、彼女以外には王子の頭が獅子に見えているらしくて——⁉ 私にだけ人間の頭に見えるのは、私が旦那様の魔力を奪ったから？　俺の魔力を返せと言われても、返し方なんてわからないのですが……。獣の頭を持つ大国の王子様と引きこもり姫の、異形×新婚ラブファンタジー★

著者・紫月恵里
イラスト：凪かすみ

浄化能力持ちの令嬢、王弟殿下の専属お掃除侍女になる⁉

『王弟殿下とお掃除侍女 掃除をしていたら王弟殿下（幽霊つき）を拾いました』

著者・紫月恵里
イラスト：すがはら竜

王宮でお掃除侍女として働く貧乏子爵家の娘アメリア。廊下に落ちていた黒モヤまみれの物体をモップでこすったら、中から出てきたのは天使のような美青年――神官長をつとめる王弟殿下だった⁉　慌てて逃げ出したアメリアは、家族にも秘密にしていた浄化能力に目をつけられ、王弟つき侍女に配属変えされてしまい⁉　「君のモップさばきに惚れたんだ」って、それは何の告白ですか？　憑かれ体質の王弟殿下とお掃除侍女のお仕事ラブ★

IRIS 一迅社文庫アイリス

悪役令嬢だけど、破滅エンドは回避したい——

『乙女ゲームの破滅フラグしかない悪役令嬢に転生してしまった…1』

頭をぶつけて前世の記憶を取り戻したら、公爵令嬢に生まれ変わっていた私。え、待って！　ここって前世でプレイした乙女ゲームの世界じゃない？　しかも、私、ヒロインの邪魔をする悪役令嬢カタリナなんですけど!?　結末は国外追放か死亡の二択のみ!?　破滅エンドを回避しようと、まずは王子様との円満婚約解消をめざすことにしたけれど……。悪役令嬢、美形だらけの逆ハーレムルートに突入する!?　破滅回避ラブコメディ第１弾★

著者・山口 悟
イラスト：ひだかなみ

IRIS ICHIJINSHA

ハーヴィスト辺境伯家《へんきょうはくけ》の最弱令嬢《さいじゃくれいじょう》
最恐《さいきょう》の狼神獣《おおかみしんじゅう》の求婚《きゅうこん》には裏《うら》がありそうなのでお断《ことわ》りします

2024年10月1日　初版発行

著　者■紫月恵里

発行者■野内雅宏

発行所■株式会社一迅社
〒160-0022
東京都新宿区新宿3-1-13
京王新宿追分ビル5F
電話03-5312-7432（編集）
電話03-5312-6150（販売）

発売元：株式会社講談社
（講談社・一迅社）

印刷所・製本■大日本印刷株式会社

ＤＴＰ■株式会社三協美術

装　幀■AFTERGLOW

ISBN978-4-7580-9675-1

この本を読んでのご意見
ご感想などをお寄せください。

おたよりの宛て先

〒160-0022
東京都新宿区新宿3-1-13
京王新宿追分ビル5F
株式会社一迅社　ノベル編集部
紫月恵里《しづきえり》 先生・まろ 先生